앙기아리
전투

예옥

앙기아리 전투

1판 1쇄 인쇄 | 2017년 11월 17일
1판 1쇄 발행 | 2017년 11월 24일

지은이 | 심상대
펴낸이 | 최병수
편 집 | 권영임
디자인 | 김세준

펴낸곳 | 예옥
등 록 | 제2005-64호(2005.12.20)
주 소 | (03387) 서울시 은평구 연서로22길 16-5(대조동) 명진하이빌 501호
전 화 | (02)325-4805
팩 스 | (02)325-4806
이메일 | yeokpub@hanmail.net

ISBN 978-89-93241-55-6 03810

값 13,000원

이 도서의 국립중앙도서관 출판시도서목록(CIP)은 서지정보유통지원시스템 홈페이지
(http://seoji.nl.go.kr)와 국가자료공동목록시스템(http://www.nl.go.kr/kolisnet)에서
이용하실 수 있습니다. (CIP제어번호: CIP2017030383)

Artism 예요 Series

한국 예술주의 작가 시리즈 8

심상대 장편소설

앙기
아리
전투

예옥

차례

앙기아리 전투

침묵

긴 골목길이 어스름 속으로
강물처럼 흘러가는 저녁을 지켜본다
그 착란 속으로 오랫동안 배를 저어
물살의 중심으로 나아갔지만, 강물은
금세 흐름을 바꾸어 스스로의 길을 지우고
어느덧 나는 내 소용돌이 안쪽으로 떠밀려 와 있다
그러고 보니, 낮에는 언덕 위 아카시아숲을
바람이 휩쓸고 지나갔다, 어둠 속이지만
아직도 나무가 제 우듬지를 세우려고 애쓰는지

침묵의 시간을 거스르는

이 물음이 지금의 풍경 안에서 생겨나듯

상상도 창 하나의 배경으로 떠오르는 것,

창의 부분 속으로 한 사람이

어둡게 걸어왔다가 풍경 밖으로 사라지고

한동안 그쪽으로는

아무도 다시 나타나지 않았다

그 사람의 우연에 대해서 생각하지만

말할 수 없는 것, 침묵은 필경 그런 것이다

나는 창 하나의 넓이만큼만 저 캄캄함을 본다

그 속에서도 바람은

안에서 불고 밖에서도 분다

분간이 안 될 정도로 길은 이미 지워졌지만

누구나 제 안에서 들끓는 길의 침묵을

울면서 들어야 할 때도 있는 것이다

– 김명인 시집 『길의 침묵』에서

1

1

이 이야기는 미술과 사랑, 벽과 운명, 비와 바람과 술과 꽃과 소설로 이루어져 있다. 바람 불고 비 내리는 봄날의 대낮이었다. 서울 어느 주택가 골목의 작은 주점 창가에 두 남자가 앉아 있다. 노랗게 부친 모둠전을 안주로 두 사람은 소주를 마시는 중이다. 한 사람은 재작년 봄 대학에서 정년퇴임한 백발의 교수님이고 맞은편 중년 남자는 그의 나이 든 제자다. 유리창 창틀은 쉼 없이 이이잉, 씨이잉, 휘파람 소리를 불어젖히고 휘날리는 빗줄기로 골목은 야단스럽다. 첫 잔을 비우고 두 번째 잔을 채웠을 때 꽃비가 쏟아지기 시작했다. 주택단지와 큰길을 사이에 두고 마주한 산 중턱 산벚나무 군락지에서 날아온 벚꽃 꽃잎이었다. 희고 붉은 꽃잎이 눈보라처럼 천지간을 춤추며 날아와 주점의 유리창에 점점이 달라붙었다. 그래서 이야기는 흩날리는 꽃비 속에서 움을 틔우게 되었다.

노인이 제자에게 물었다.

"자네 요즘 소설을 쓰고 있나?"

제자는 소설가였다. 그가 대답했다.

"네."

그리고 덧붙였다.

"아주 열심히 쓰고 있습니다."

"어떤 소설을 쓰는데?"

"로맨스 소설을 쓰고 있어요."

노인이 숨을 들이마셨다. 그 숨을 코로 내뿜은 뒤 싱긋이 웃었다.

"로맨스라……."

노인이 좀 엉뚱한 말을 했다.

"인생이 참 곤혹스럽지? 응? 우리가 뭐 그리 사치스럽게 사는 것도 아닌데……."

바람이 심하게 불었다. 창밖 허공에서 한 덩이 꽃 무더기가 이리저리 빗금을 그으며 춤을 췄다.

"우리가 지전紙錢을 태운 불로 밥을 지어 먹는 사람도 아니고…… 그 밥을 말린 밥알을 태운 불로 밥을 해 먹은 적도 없는 사람들인데……."

백발의 머리를 천천히 흔들며 노인이 말했다.

"주지육림은커녕 좋은 옷 한 벌 입어본 적 없고 값비싼 술에 취해본 적도 없네. …… 늘 이렇지. 허름한 옷을 입고 허름한 술집에 앉아 새파란 소주잔을 앞에 놓고선…… 그런데도 운명은 유난히 사치스러워."

제자는 오늘 단 한 잔만 마실 생각이었으나 그럴 수 없으리라는 예감에 빠졌다. 교수님이 너무 감상적이다. 그런 교수님을 걱정해 조심스럽게 여쭈었다.

"어쩐 일이세요? 무슨 일 있습니까?"

"응, 아니야. 아무 일도 없네. 그냥……."

그러더니 또 훌쩍 소주잔을 비워버렸다.

"제목이 뭔가?"

모둠전 소쿠리가 담긴 사기쟁반 옆으로 빈 잔을 내려 놓으며 노인이 물었다.

"지금 쓰고 있다는 그 로맨스 소설 제목 말이야. 제목 은 정했나?"

속도가 빠르다. 교수님이 비우는 술잔을 꼬박꼬박 채 우다간 필시 무슨 탈이 날 것만 같다고 제자는 판단했 다. 소주병을 집어 들면서 대답했다.

"네. 전 제목을 정해야 소설을 시작할 수 있으니까요. 제목과 등장인물의 직업과 사건의 배경이 되는 계절과 첫 문장과 마지막 문장을…… 그 네 가지가 반듯하게 마 련돼야 소설을 시작할 수 있어요."

제자는 노인의 술잔을 채웠다.

"이번 쓰는 소설 제목은 '꽃의 방'입니다."

노인이 또 물었다.

"꽃의 방? 꽃이 피어 있는 방이란 말인가?"

"진짜 꽃이 아니라 꽃 그림 벽화로 치장한 방입니다. 지하실이죠."

"무슨 꽃을? 왜?"

"상상의 꽃이라 종류는 상관없습니다. 화사한 꽃인데 이름은 뭐래도 좋고 이름이 없어도 상관없어요. 어차피 추상적인 그림이니까요. 그런 꽃 그림이 사방 벽을 채우고, 바닥도 천정도 꽃 그림으로 화사한 지하실이 이번 소설의 주요한 공간입니다."

"자네는 오늘 그 이야길 하게. 그럼 나도 내 이야길 하겠네."

두 손을 모아 잡으며 제자가 웃었다.

"교수님은 어떤 이야길 하시게요?"

제자의 눈을 들여다보며 노인이 대답했다.

"로맨스 이야길 하겠네. 자네 소설하곤 달리 내 이야긴 실화야. 내가 직접 겪은 일이지. 그렇지만 자네 소설보다 훨씬 거짓말 같은걸? 아주 사치한 운명에 관한 이야기니까 말일세."

"제 소설은 말로 하면 재미없어요."

"그런 소설은 제발 쓰지 말게."

"이야긴 있지만 줄거리를 줄이면 몇 줄 되지도 않아

요. 재미도 없지만 의미를 풀어헤치기 전의 덩어리라 말로 하면 생뚱맞죠."

"그러니 그런 소설은 쓰지 말라는 거야. 그냥 줄줄이 이야기로 이어지는 소설을 써."

"네."

깻잎전을 간장 종지 끝에 털면서 노인이 나무랐다.

"내가 말리지 않던가. 고고학이니 미술사학이니 그런 쪽은 하릴없는 귀족들의 학문이야. 그런 델 기웃거리지 말라니까 왜 엉뚱한 짓으로 시간을 낭비하나. 그래서 자네가 아직도 감각적인 소설을 쓰는 거야. 서정성을 털어버리지 못하고 말일세. 서정성은 사치도 못 되는 유치야. 그 유치함이 문제를 일으켜."

제자는 고조선 유적과 홍산문화紅山文化에 관한 관심으로 입학한 고고미술사학과 대학원에서 선사시대 암각화에 관한 어설픈 논문으로 석사학위를 받았고 박사과정은 포기했다. 영어영문학과 학부 스승인 노인은 영미 현대소설 전공이다. 노란 튀김옷 끝으로 튀어나온 녹색의 깻잎 꼬투리를 바라보며 제자는 고개를 끄덕였다.

노인이 그 노란 깻잎전의 절반을 잘라 먹었다.

"그래서 전 미술 이야길 하겠어요. 재미없는 소설 대신에."

남은 깻잎전을 마저 입에 넣으며 노인은 제자의 제안을 거절했다.

"안 되네. 그래도 그쪽보다는 로맨스 소설이 나아. 그냥 해."

"아닙니다, 교수님. 전 이야기로 하자면 미술 쪽이 더 재밌어요."

"무슨 얘기?"

"앙기아리 전투 이야길 하겠습니다."

"그건 뭔가?"

"레오나르도 다빈치의 그림입니다. 레오나르도 다빈치가 그린 「앙기아리 전투」라는 그림에 관한 이야깁니다."

"그래? 그럼 그것도 해."

노인이 물었다.

"앙기아리란 어디 지명인가?"

"네, 십오 세기 피렌체공화국에 속했던 빈 들판 이름

입니다. 시골 마을 이름이기도 하고요."

"지금도 그런 지명이 있어?"

"지금도 작은 마을 이름으로 남아 있답니다. 이탈리아 중부 토스카나 주에 있는데, 아레초에서 가까운 산세폴 크로 시에 속한 시골 마을이라고 해요."

"전투는 '배틀(battle)'인가? 거기서 전투를 했단 말 인가?"

고개를 끄덕이며 제자는 웃었다. 노인이 물었다.

"왜?"

"아닙니다."

영어영문학과 졸업반이 돼서야 제자는 존 스타인벡 의 『분노의 포도』를 읽었다. 이전까지 그는 '포도'가 포 장도로의 준말 '포도鋪道'인 줄로만 알았다. 그런데 그 '포도'가 먹는 포도葡萄라는 사실을 'grapes'라는 영단어 를 통해 알았다. 포도송이가 성을 낼 줄이야 상상도 하 지 못했다. 마찬가지로 고고미술사학과 대학원에 입학 한 뒤에야 그는 그림의 제목 「수태고지」가 '백마고지'나 '핵소 고지'와 같은 언덕 이름이 아니라, 성모마리아의

'수태受胎'를 '고지告知' 하는 천사 가브리엘을 그린 성화聖畫
라는 사실을 알았다. 그로 인해 배움의 바다는 끝이 없
다는 사실 또한 깊이 깨달았다. 그 기억 때문에 제자는
웃었다.

"네, 교수님. '꽃의 방'도 이야기하고 「앙기아리 전투」
도 이야기하겠습니다. 그런데 교수님이 이야기하신다
는 이야기의 제목은 뭡니까?"

"제목?"

노인이 놀란 눈을 했다.

"제목이라? …… 그런 건 없어."

"그럼 지금 제목을 정하시죠."

"술자리에서 하는 얘기에도 제목이 필요한가? 난 말
로 하는 이야기에 제목을 붙여본 적이 없네."

노인은 고개를 가로저었다.

"이 이야긴 그냥 이야기야. 나로선 감당하기 어려운
운명의 이야기란 말이지. 그러니 그런 이야기에 무슨 의
미를 부여할 수 있겠나. 그래서 내가 오늘 자넬 부른 거야."

노인은 지금부터 자신이 하는 이야기의 의미가 무엇

인지 도통 알 수 없노라고 도리질했다.

"이 사치스럽고 우심참참憂心慘慘한 이야기에 대체 어떤 제목을 부칠 수 있겠는가? 어디 한번 자네가 제목을 붙일 테면 붙여봐."

아하, 하고 제자가 탄성을 내질렀다.

"교수님, 근래 뭔가 기막힌 일이 있었던 모양입니다."

"아닐세. 이미 오래전 일이야. 그런데 어쩐지 오늘은 그 얘길 누구에겐가 털어놓고 싶어진단 말이야. 날씨가 그렇지 않은가. 아침부터 이렇게 비가 줄줄거리고 바람이 불고, 그러니 맹숭맹숭하게 지나가기 어려운 날씨야. 자넨 춥지 않아?"

제자는 얇은 춘추복 슈트 안에 넥타이를 매지 않은 와이셔츠 차림이었다.

"나는 이렇게 단도릴 하고 나왔잖아."

봄옷이긴 해도 두툼한 점퍼에 턱밑까지 올라오는 티셔츠를 입은 노인이 옷깃을 집어 보이며 말했다.

"몇 년 전에 일어난 일이긴 하지만 그 기원은 아주 오래됐지. 사십 년이 넘었어. 내가 총각 때 시작된 일이거든. 그래서 아직 아무에게도 말하지 못했는데, 오늘 자네한테 첨으로 털어놓는 거야."

그러고는 입맛을 다셨다.

"담 큰 사람이라면 아마 이런 일을 한 편의 멋진 로맨스라 하겠지. 하지만 나는 그런 배포가 없는 사람이라 사치스럽고 아슬아슬하게만 여겨지네."

"대단히 드라마틱한 이야긴 모양입니다."

"드라마? 드라마라……."

제자는 가만히 기다렸다. 노인이 다시 말했다.

"드라마라기엔 너무 잔인해. 우리네 인생이 그렇지 않은가? 장엄한 비극도 아니고 비장한 희극도 아니야. 도대체 로맨틱한 구석이라곤 눈곱만큼도 없이 힘들기만 하네. 사랑이란 것이 말일세. 그게 사랑이라면 말이야."

그러더니 긴 이야기의 프롤로그와 같은 사설을 늘어놓았다.

"우리는 누구나 사랑을 한다고 하지. 그러나 사랑이 뭔지 알고나 하는지 몰라. 그러다가는 그냥 죽지. 제 딴에는 사랑을 했다면서 말이야. 반대로 지독한 사랑을 하

건만 그게 사랑인지 뭔지도 모르고 지나쳐버리는 경우
가 숱해. 숭고함이란 놈과 통속함이란 놈은 대개 그렇게
뒤엉켜 있어. 그러니 사랑인지 일상인지 알아챌 도리가
있나? 내게도 얼마나 아름답고 고귀한 절체절명의 순간
이 있었는지, 황홀한 구애의 눈빛으로 나를 여겨보던 사
람이 존재했었는지, 그 지난날에 대해 기억할 여유가 없
을뿐더러, 아차! 그때 그게 사랑이었구나, 하고 탄식할
땐 이미 이렇다네."

백색의 머리카락과 주름진 볼을 매만지며 노인이 말
했다.

"쭈글쭈글한 늙은 녀석이 거울 저편에 서서 날 힐끔
거리고 있지. 여보게, 한 잔 들어?"

제자는 참았다. 한 잔 한 잔 들이켜야 할 순간이 여러
번 닥치리라 짐작했기 때문이다.

"여보게, 한 여자와 한 남자가 얼굴을 마주하고 서로
의 눈동자를 들여다보는 그 순간이야말로 얼마나 위험
한 사건의 징존가? 우리는 누구나 그 짜릿한 사랑의 주
인공이고, 황홀한 사랑의 대상이고, 그리고 사랑의 실패

자일세. 그렇지 않은가? 실패하지 않은 사람이 어떻게 그게 사랑인 줄 알겠나? 버림받아보지 않은 사람이 어떻게 사랑에 대해 말할 수 있겠나? 그래서 이 사람처럼 이렇게 주름살 투성이 늙은이가 돼서야 사랑의 이야기를……."

툭툭, 주름진 손가락으로 노인은 자신의 볼을 두드렸다.

"언제 어디선가 옛 선비들이 주고받았다는 진풍경에 관한 이야길 들었네. 글에서 읽었는지 누구한테 들었는지는 생각나질 않아. 여하튼 옛날 옛적 어느 날 어느 곳에 나이 지긋한 선비 여럿이 둘러앉아 이제껏 살아오면서 자신이 봤던 가장 아름다운 경치에 대해 말하기로 했다네. 다들 어느 산골짜기의 풍광과 어느 산정에서 내려다본 조망을 얘기하고, 호수에 담긴 조각달과 강변으로 흩어지는 아침나절의 는개를 얘기했지. 그런데 한 선비는 젊은 시절 자신이 겪었던 한 가지 이별 장면을 털어놓았다네. 고을 현감 직의 임기를 마친 선비가 본가가 있는 한양으로 돌아가던 어느 가을날 대낮이었다네. 고을 경계까지 따라온 어린 관기를 뒤로하고 젊은 사또는 가을바람 스산한 산자락 자드락길을 걸어가고 있었어. 그러다가 마지막 모롱이를 돌아가기 전에 다시 한 번 돌아봤더니, 작고 흰 점 하나가 여전히 저 멀리 그곳에 찍혀 있는 게야. 바람이 불어 선비의 도포 자락을 흔들었겠지. 낙엽은 우수수 떨어져 천지사방에서 흩날리고. 그리고 선비는 돌아섰다네. 여전히 움직이지 않는 하나의 점을 저 먼 곳에 버려둔 채 말일세. …… 어떤가? 이제 내가 내 이야길 시작해도 되겠지?"

"네, 교수님."

두 사람은 동시에 술잔을 집어 들었다.

2

2

십 년 전 어느 가을날이었다. 이번 주 마지막 수업을 마치고 연구실로 돌아온 하경선 교수는 책상 앞에 앉아 연필을 깎고 있었다. 연필 깎기는 그의 글쓰기 준비 작업으로, 날씬하게 깎은 연필과 고무지우개와 흰 A4 용지와 따뜻한 커피는 글쓰기에 필요한 네 가지 준비물이다. 남들은 컴퓨터 화면과 대면한 채 자판을 두드려 글을 쓴다지만 그는 아직도 고무지우개로 지워가며 연필로 초고를 쓰고, 그 초고를 컴퓨터 화면으로 옮기는 수고로운 과정을 거쳤다. 칼질을 하면서도 하 교수는 유리창 밖 가을 하늘에서 뭉게구름이 그려내는 평화로운 풍경을 곁눈질했다. 이런 날은 고요한 저수지가에 앉아 조는 듯 자는 듯 들잠에 빠진 채 낚시를 즐겨야 하련만, 근래 몇 년간 목요일 오후는 매주 주말 신문에 연재하는 칼럼으로 골머리를 앓고 있었다. 한 덩이 작은 뭉게구름은 희다 못해 푸르렀고 종내 흘러가지 않을 듯 히말라야 삼나무 끝에 꽂혀 움직이지 않았다. 그때 전화벨이 울렸다. 이 시간에 유선전화를 이용하는 사람은 학생이 아니라면 아내밖엔 없었다. 연필과 칼을 내려놓은 뒤 한 손으론 송수화기를 들고 다른 손으론 머그잔을 집어 든 하교수가 편안한 음성으로 저편을 불렀다.

"네에……."

저편은 금방 반응하지 않았다. 한 모금 커피를 삼키며 이쪽도 침묵했다. 그 침묵 끝에 익숙지 않은 여자 목소리가 흘러나왔다.

"여보세요?"

학생은 아닌 듯 나이 든 목소리였다. 아내도 아니었다. 조심스런 목소리가 다시 이편을 불렀다.

"영어영문학과 하경선 교수님이신가요?"

"그렇습니다."

아직 확정 짓진 않았지만 이번 주말에는 두 가지 일정
이 있었다. 철야 삼천 배 하러 절간에 가자는 아내의 요
구와 강원도 양양 수산항에서 새벽에 출항하는 대구 낚
시 출조 권유였다. 두 가지 다 일박이일 일정이라 한쪽
은 포기할 수밖에 없다. 상대방 여자는 어느 쪽하고도
관련 없는 사람이었다. 여전히 가늘고 조심스런 목소리
로 그녀가 말했다.

"절 기억하실지 모르겠습니다만……."

"누구신가요?"

"네에, 제 이름은……."

여자가 자신의 성명을 밝힌 즉시 하 교수는 그녀가 누
구인지 알았다. 삼십 년 만에 듣는 이름이었으나 결코
잊은 적 없는 이름이었다. 흔한 성이고 흔한 이름이었으
나 이제껏 정확하게 기억하는 단 한 사람의 이름이었다.
하 교수는 대답하지 못했다.

"놀라셨어요?"

"아니…… 아닙니다."

"많이 망설였어요. 이렇게 전화해도 되는지."

"아닙니다. 괜찮습니다."

머그잔을 내려놓고 자세를 바로 한 하 교수가 비로소 인사를 했다.

"그래 그동안 어떻게 잘 지내셨어요?"

"네."

더 이상은 마땅한 말이 없었다.

"어떻게 이 전화번호를 알고 이렇게 전화를……."

"이 전화번호는 학교 홈페이지에 있잖아요. 이렇게 쉬운 걸 그동안 왜 그렇게 망설였던가 싶네요."

그러면서 여자가 말했다.

"선생님과 제가 근무하던 그 중학교로 여러 번 전화했어요. 삼십 년 전에요. 그런 뒤론 이번이 첨이네요. 삼십 년 만에."

"그렇군요. 삼십 년이 지났어요."

"그때 여러 번 전화했는데 통화할 수 없었어요. 선생님이 학교에서 퇴직했다면서 지금 어디 계신지 모른다고 했어요. 그 말만 되풀이하니 어쩔 수 없었죠. 그땐 제가 어렸잖아요. 어리석었고요. 그러곤 이렇게 세월이 훌쩍 지나버렸군요."

여자가 어리고 어리석었던 게 아니라 그 시절엔 전화 통화가 쉽지 않았다. 하 교수가 말했다.

"저는 그때 대학원에 진학하면서 다른 사립 중학교로 옮겼습니다."

"그래요. 그렇게만 말해줬더라도 찾을 수 있었을 텐데 그런 말이 없었어요."

이름은 기억하고 있었으나 세월에 삭은 여자의 목소리는 귀에 설었다. 여자가 잠시 멈칫하는 사이 하 교수의 기억은 그때 그곳으로 돌아갔다. 빨간 털실로 목을 길게 뜬 스웨터가 선명하게 떠올랐다. 그러나 빨간 스웨터 위에 있어야 할 여자의 얼굴은 없었다. 두 사람은 서울 변두리에 있는 한 공립 중학교에서 처음 만났다. 당시 하 교수는 군대를 제대한 뒤 대학을 졸업하고 중학교 영어 교사로 재직하던 스물여섯 살 총각 선생님이었다. 가을 학기가 끝날 때쯤 교감 선생님이 그를 불렀다.

"하 선생, 좋은 신붓감이 있으니 한번 사귀어봐."

"무슨 말씀이신지요?"

그때 그 중학교에는 교원 실습생이 이십여 명 배치돼 있었다. 그들을 관리하던 교감 선생님이 마음에 드는 여학생이 있다면서 남자를 종용했다.

"선을 보라는 말이 아니라 자네도 스물여섯 살이니 한번 만나보라는 거야."

그는 영문 모르겠다는 표정으로 서 있었다.

"내가 보기에 아주 괜찮은 아가씨야."

그 교원 실습생은 서울 시내에 있는 여자 대학교 가정학과 졸업반으로 스물두 살이었다.

"네 살 차이는 궁합도 안 본다잖아. 하 선생, 참 숙맥이로구먼."

숙맥이기도 했으나 그는 결혼이나 연애를 생각할 만한 여유가 없었다. 우선은 경제적인 문제 때문이었다. 시골집에 계신 홀어머니 생활비를 대고 동생 세 명의 학비를 부쳐줘야 하는 가장의 몸이었으니 여자에 관한 일이라면 엄두도 낼 수 없는 입장이었다.

"저는 그럴 생각이 없습니다."

장래에 관한 계획도 오리무중이었다. 어쨌든 동생들 고등학교나 마쳐놓고 보자며 버티는 처지였기에 다른 생각할 겨를이 없었다. 교감 선생님은 포기하지 않았다.

"그냥 만나보기나 해. 뭐 당장 결혼하라는 말이 아니잖아."

"글쎄요……."

교무실 앞 복도에서 처음 마주친 그녀는 목을 감싸는 빨간 털 스웨터 위에 감색 정장 차림이었다. 그렇게 얼뜬 총각 선생님은 교생 여학생과 데이트를 시작했다. 교감 선생님 말대로 한번 만나보기나 하자는 심정이었으니 그야말로 그냥 만나는 맹숭맹숭한 사이였다. 적은 월급마저 몽땅 시골집으로 부쳐야 하는 그는 가난뱅이인데다 숫기도 없고 멋도 없었다. 반대로 여자는 부유한 집안의 맏딸로 뛰어난 미모는 아니지만 예쁘장하고 다소곳하며 아담한 체구였다. 한 달 뒤 교원 실습을 마친 여자는 취직하기 어려운 무역회사에 입사해 중학교 교사보다 나은 보수와 나은 사회적 신분을 가지게 됐다.

가난한 총각 선생님과 스물세 살 회사원 처녀는 서울 시내 찻집과 공원, 값싼 음식점을 전전하며 싱거워빠진 데이트를 이어갔다.

여자의 집에서는 그녀에게 저녁 아홉 시까지는 들어와야 한다는 규정을 정해두고 있었다. 시간에 쫓기다 보니 맹숭맹숭한 데이트는 더욱 멀뚱멀뚱한 꼴로 영 진전이 없었다. 저녁밥을 먹고 시내버스 정류장 근처 찻집에 마주앉아 있던 두 사람은 시간이 되면 제가끔 버스를 타고 헤어졌다. 말주변 없는 남자는 찻집에 앉아서도 신문이나 뒤적이기 일쑤였다.

"아홉 시 다 됐지요?"

남자는 정말 촌놈이었다. 한 주일에 한두 번씩 몇 달을 만났는데도 손 한번 잡아보지 못했고 그럴 생각도 하지 않았다. 아홉 시까지 귀가해야 한다는 말이야 어느 집이건 응당 하는 말인데 그 말을 곧이곧대로 새겨듣고, 어기면 큰일 나는 줄 알았다. 주말이면 한 걸음 더 나가긴 했으나 그래 봤자 학교 근처 방죽길이나 서울 시내의 고궁이나 한강 강변이었다. 어느 토요일 헤어질 시간이

가까워오자 여자가 말했다.

"오늘은 아홉 시까지 집에 들어가지 못할 것 같아요. 어떡하나?"

하이힐 신은 한쪽 발을 절며 비틀거렸건만 남자는 제자리에 서서 바라보기만 했다.

"지금 서두르면 됩니다. 버스 정류장이 여기서 멀지 않아요."

몇 번인가 영화관에 갔지만 그때에도 손을 잡거나 팔짱을 껴본다는 생각은 하지 못했다. 그러나 처녀 총각이 일 년 가까이 만나다 보니 애틋한 정도 생기고 장래에 대한 생각이 없지는 않았다. 여자가 그런 눈치를 보였다.

"선생님은 사주팔자나 궁합을 믿으세요?"

"글쎄요……."

남자는 바보처럼 싱거운 소리로 인사를 나누고 이런저런 주변 이야기나 하며 시간을 보냈다. 그러던 그해 겨울 두 사람 사이에 좋지 않은 일이 생겼다. 무슨 말끝인가 여자가 말했다.

"어제 집에서 선생님 얘길 했어요. 동생들한테요."

여자는 대기업 고위직 임원으로 근무하는 부친 슬하의 만딸로 남동생과 여동생이 있었다.

"내가 만나는 남자가 중학교 선생님이라 했더니 둘 다 웃어요."

남자의 자존심은 여자의 그 대단찮은 말에 상처를 입었고, 그래서 결단을 내렸다. 당장 돈벼락을 맞지 않는 한 별다른 도리가 없다고 판단했다. 이제는 더 이상 만날 이유가 없다고 선을 긋고 선 연락하지 않았다. 며칠 뒤 대학원에 입학 원서를 제출했으며 그 중학교에 사직서를 내고 보다 보수가 좋은 사립 중학교로 옮겼다. 남자에겐 이후 십여 년이 격동의 기간이었다. 석사과정을 졸업하던 해 두 가지 반가운 변화가 동시에 찾아왔다. 여상을 졸업한 여동생이 고향의 단위 농협에 취직했으며 그 자신은 국비 장학금을 받아 유학을 떠날 수 있게 됐다. 미국으로 건너간 이태 뒤 같은 대학은 아니지만 같은 도시에서 유학 중이던 지금의 아내와 결혼식 없는 결혼을 했다. 다음 해 첫아이가 태어났고 그다음 다음 해 신랑 신부는 나란히 박사 학위를 마치고 오 년 만에 귀국했다. 뒤늦은 결혼식은 그야말로 조촐하게 서울의 한 예식장에서 치렀다. 그로부터 오늘까지 남자는 지금 근무하는 대학교에서 영어영문학과 교수로 재직하고 있었다. 송수화기 저편의 여자는 남자의 결혼에 관해선 묻지 않았다.

"저는 그 회사를 오 년 만에 그만뒀어요. 저도 결혼했거든요."

부친의 친구분 소개로 만난 남자는 명문대 행정학과를 졸업하고 공무원으로 근무하는 건실한 청년이었다. 따져보니 두 사람은 같은 해 결혼했고 같은 해 첫아이를 낳았다. 하 교수는 그러한 내막을 삼십 년 만에 여자의 전화를 통해 듣고 있는 자신이 남처럼 여겨졌다. 고백이라도 하듯 조곤조곤 자신의 과거사를 털어놓는 여자의 말을 그는 잠자코 듣고만 있었다.

"그리고 한 십 년인가 지났어요. 우리 큰애가 학교에 들어간 뒤였으니까 천구백구십 년인가 그다음 해였을 거예요."

여자는 반포에 있는 아파트 이름을 대면서 그 아파트

앞에서 아이의 손을 잡고 걸어가는 남자 부부를 봤노라고 말했다.

"저는 멀리서도 금방 알아봤는데 선생님은 알아보지 못하고 그냥 지나가셨어요."

하 교수는 은행 빚을 얻어 반포동에 마련한 오래된 아파트를 떠올렸다. 애초에 그 아파트는 처갓집 재산이었지만 처가에 문제가 있어 당시엔 은행에 다니는 손위 동서가 관리하고 있었다. 몇 년 동안 전세 반 월세 반, 싼값에 살던 아파트를 급히 사게 된 까닭은 아내의 자존심 때문이었다. 어느 날 집에 돌아와보니 눈가가 벌겋게 변한 아내가 우리는 왜 집도 없이 살아야 하냐며 울음을 터뜨렸다. 남자는 할 말이 없었다. 그가 유학하는 동안 집안을 돌보던 여동생이 결혼하고 나자 시골집 생활비와 남은 동생들 학비는 다시 그의 책임으로 돌아왔다. 그와 아내는 둘 다 시간강사로 두 집 살림을 하느라 힘들었다. 아내는 울음기 섞인 목소리로 우린 언제 돈을 모아 집을 마련하겠느냐고 하소연했다. 그래서 은행 빚을 얻어 그 아파트를 사게 됐고, 몇 년 뒤 그 아파트를 팔아 지금 사는 아파트로 옮길 수 있었다. 여하튼 반포의 그 오래된 아파트 근처에서 여자는 남자 부부를 봤다고 말했다. 남자는 그쪽에서도 그럼 그때 그 근처에 살았느냐고 물어보고 싶었지만 그러지 않았다. 더 이상 깊이 알아야 할 이유가 없다고 생각했다. 여자는 함께 교원 실습한 친구의 결혼과 이혼에 대해 몇 분 동안 혼자 이야기했다.

"결혼할 때부터 그렇게 될 줄 알면서도 그냥 그렇게 끌려갔어요."

여자의 엉뚱한 이야기에 하 교수는 궁금하게 여기던 문제를 뒤늦게 물어보았다.

"제가 이 대학에 있는지는 어떻게 알았습니까?"

여자는 하던 이야기를 그쳤다. 하 교수는 특별히 전화한 목적이 있는지 궁금해 그렇게 에둘러 물었던 것인데 여자는 다른 방향으로 이해했다. 남자의 무뚝뚝한 목소리를 이제 그만 전화를 끊자는 뜻으로 받아들인 모양이었다. 당황한 목소리로 여자가 말했다.

"여러 번 전화하고 또 했어요. 그때마다 선생님이 퇴

직했다면서 지금 어디 있는지 모른다는 말만 되풀이했어요. 다른 중학교로 옮겼다든가 대학원에 진학했다는 말만 해줬어도 좋았을 텐데."

여자의 동문서답에 하 교수는 가만히 있었다. 잠시 말이 없던 여자는 짧은 인사와 함께 전화를 끊었다. 다시 전화한다는 말은 하지 않았다. 전화가 끊긴 뒤에도 하 교수는 멍청히 앉아 있었다. 창밖 히말라야삼나무 꼭대기에 꽂혀 있던 뭉게구름은 사라지고 없었다. 천천히 송수화기를 내려놓은 하 교수는 의자를 당겨 책상 앞으로 바싹 다가앉았다. 연필과 칼을 집어 들긴 했으나 자신이 뭘 하려고 했는지, 뭘 해야 할지 알 수 없었다.

3

3

　그로부터 한 달 뒤 다시 걸려온 여자의 전화에 하 교
수는 크게 놀랐다. 여자는 마치 방금 전 끊었던 통화를
이어간다는 듯 한 달이라는 시간의 간극을 묵살하고 있
었다.

　"그날 우연히 그렇게 지나친 뒤로는 생각 없이 살았
나 봐요. 애들 키우느라 뭘 생각할 수도 없었죠. 그러다
가 몇 년 전 신문에서 선생님을 봤어요."

　우연하고도 일방적인 만남으로부터 십여 년이 흐른
뒤 여자는 신문에 실린 남자의 글과 사진을 봤다고 말

했다. 당시 남자는 신문에 서평과 문화 칼럼을 연재하고 있었다. 본래 그 글은 그가 지도하는 대학원생들이 개설한 문학과 시사에 관한 토론장 성격의 인터넷 카페에 올린 글이었는데, 우연히 신문으로 옮겨 싣게 됐고 이후로 지금까지 이어지고 있었다.

"깜짝 놀랐어요. 선생님이 대학에 계시고 신문에 글을 쓰실 줄은 몰랐어요."

그러면서 한 달 전 남자의 질문에 대한 답을 내놓았다.

"그 인터넷 카페에 가입했어요. 날마다 들어가 선생님이 쓴 글을 읽습니다."

어떻게 지난 한 달 동안 참고 있었는지 놀라울 정도로 여자는 줄줄이 이야기를 풀어놓으며 그사이에 남자의 핸드폰 번호를 물었다.

"핸드폰 번호는 어디에도 없으니…… 알려달라고 부탁할 사람도 없고."

하 교수는 자신의 핸드폰 번호를 불러준 뒤 뒤늦은 인사를 했다.

"잘 지내십니까?"

"네, 수영장에 운동하러 다니고 있어요. 점심시간엔 늘 수영장에 있죠. 이제 수영 끝나고 레스토랑에 앉아 있습니다. 혼자 커피를 마셔요."

"아하, 네. 목은 어떠세요?"

앞에 놓인 컴퓨터 화면을 건성으로 바라보며 하 교수가 물었다. 목이 약해 자주 목소리가 잠기고 목감기에 걸리던 여자에게 삼십 년 전에 하던 말이었다. 그 질문에 여자가 반색했다.

"그걸 기억하세요? 그땐 왜 그랬는지 몰라요. 나이가 드니 저절로 없어지네요. 이젠 웬만해선 괜찮아요. 피로하면 좀 그렇지만."

"그래요. 다행입니다."

여자는 수영에 대해 말하기 시작했다.

"전 평형부터 배웠어요. 코치는 수영 선수 출신 아가씬데 친절하지는 않지만 실력이 있었어요. 시작하는 날부터 쉬는 시간엔 초콜릿을 먹었는데, 그러니 그게 벌써 십 년이 지났어요. 세월은 왜 이렇게 푸드득거리고 달아나는지 모르겠어요."

점심시간 수영장에서 만나는 친구들에 대해 여자가 설명했다. 결국은 외롭다는 말 같은데 본인은 그렇지 않다고 했다.

"외롭기 때문에 초콜릿을 먹은 건 아닙니다. 근육운동에 좋대요."

짧게 숨을 내쉬곤 이번에는 삼십 년 전 두 사람이 만났을 때의 몇 장면을 또 십여 분간 늘어놓았다.

"전 늘 혼자 점심을 먹게 되네요. 선생님은 지금도 깻잎을 안 드세요?"

하 교수는 무슨 소린지 알아듣지 못했다.

"선생님은 돼지갈비만 드셨잖아요. 촌사람이라 깻잎을 날로 먹을 줄 모르신다면서 쌈을 싸 드시지 않았어요. 그때 선생님 모습이 지금도 그대로 떠올라요."

당시 남자는 화를 내고 있었던 모양이다. 돼지갈비나 깻잎이나 여자에게 문제가 있었을 리는 없었다. 정확한 기억은 아니지만 가난과 꽉 막힌 장래에 대한 불안 때문에 늘 우울했고 남모르게 화를 냈다. 촌사람이라 깻잎으로 쌈을 싸 먹지 않는다는 소리는 괜한 투정이었다. 하지만 언제 어디서 여자와 돼지갈비구이를 먹었는지, 정확히 어떤 일로 짜증을 냈었는지는 기억하지 못했다. 두 사람이 돼지갈비구이를 먹었다면 여러 번 만난 뒤였을 테고 날씨가 추운 날이었을 것이다. 결별의 계기가 된 그 대화가 오가던 날이었는지도 모를 일이었다.

"여기는 호텔 수영장이 내다보이는 조그만 레스토랑인데 전 빨간 치마를 입고 혼자 앉아 있어요. 빨간 치마가 아니라 빨간 꽃이죠."

여자의 목소리도 이상했지만 갑자기 빨간 치마니 빨간 꽃이니 뜬금없는 소리를 하는 이유를 알 수 없었다. 하 교수는 침묵했다.

"위엔 파란 블라우스를 입었는데 블라우스엔 아무런 무늬도 없어요."

그러더니 낮고 우울한 목소리를 한숨처럼 흘려냈다.

"……혼자 가만히 앉아 있어요."

하 교수는 송수화기를 든 채 책상 앞에서 일어나 연구실 창밖을 내다봤다. 불꽃처럼 타오르는 자그마한 단풍나무 뒤편으로 아직 얇은 옷을 입은 여학생 몇이 지나갔다. 여자는 혼자 말하고 있었다.

"커피가 다 식었나 봐요. 이제 그만 일어나야죠. ……
이렇게 전화해도 되는지 모르겠어요. 자주는 아니지만."

하 교수가 대답했다.

"네에……."

승낙도 거절도 아닌 애매한 대답에도 여자는 상관하
지 않았다. 그리곤 별일 아니라는 듯이 말했다.

"선생님, 카페에 들어가보세요. 제 사진하고 제가 쓴
글이 있어요."

하 교수는 깜짝 놀랐다. 어떤 사진이고 어떤 글인지는
모르지만 그 인터넷 카페는 외부인이 들어와 글을 써놓
을 만한 곳이 아니었다. 학부 학생도 있긴 했으나 대개
는 대학원생들로, 생판 알지도 못하는 여자가 회원으로
가입하는 경우는 없었다.

"사진을 올려됐는데 선생님은 제 사진인지 몰랐던가
봐요."

어허, 하고 입을 벌린 채 하 교수는 여자의 작별 인사
를 들었다.

"다음에 또 전화드릴게요, 선생님. 카페에 들어가보세요. 제 사진이 있어요."

여자의 말대로 인터넷 카페로 들어간 하 교수는 곧 여자의 사진을 찾아냈다. 그런 뒤 이리저리 뒤져봤으나 여자가 말하던 글은 보이지 않았다. 어쨌든 그는 어느덧 중년 여인으로 변모한 여자의 얼굴과 삼십 년 만에 마주했다. 나이 들긴 했으나 반듯하게 튀어나온 이마는 예전과 같았고 다소곳한 이목구비 역시 그대로였다. 여권 사진처럼 배경도 웃음기도 없이 정면을 바라보고 찍은 사진을 바라보면서 하 교수는 왜 이런 사진을 여기에 올려뒀을까? 그리고 난 왜 이제까지 이 사진을 보지 못했을까? 하는 의문에 빠졌다. 여자의 사진은 하 교수의 글이 연재되는 카테고리의 댓글 난에 올라 있는데 닉네임은 '빨강'이었다. 무슨 장황한 사연의 글이라도 있을 줄 알았으나 그 사진뿐이었다. 사진을 올린 지 여러 달 지났으니 그간 글을 삭제해버렸는지 모르지만 하여튼 이상한 일이었다. 놀라긴 했으나 기분 나쁠 것까진 없었다. 고개를 기울인 채 하 교수는 오래도록 여자의 얼굴을 바라보았다.

내가 참 순진했구나, 하고 하 교수는 생각했다. 혼자 싱긋이 웃다가는 내가 참 촌놈이었어, 하고 속으로 되뇌었다. 여자는 길게 기른 머리칼을 뒤로 넘기고, 이젠 목이 괜찮다는 말이 빈말이 아닌 듯 목이 훤히 드러나 보이는 분홍색 상의를 입었다. 완만한 얼굴 윤곽과 눈꼬리와 입가의 기울기가 중년의 나이를 드러내 보였고 가느다란 금속 체인의 목걸이를 걸고 있었다. 브로치가 사진에서 잘렸는지는 알 수 없으나 수수한 메이크업과 유순한 표정으로 보건대 이런저런 액세서리를 좋아할 사람 같지는 않았다. 이 여자와 결혼했더라면? 하고 하 교수는 생각했다. 키스할 용기가 없었으니 그보다 더 진도가 나갔을 리 만무했다. 하지만 손은 잡아볼 수 있었는데? 그때 여자의 손을 잡아봤더라면? 그날 내가 화를 내지 않았더라면? 그녀는 왜 하필 그날 그런 소릴 했을까? 하 교수는 꼭 감았던 눈을 천천히 떠 다시 여자의 사진을 바라보았다. 자신을 욕보이려는 뜻이 아니라는 사실은 당시에도 알았다. 짜증을 낸 사람은 나야, 하고 하 교수는 고개를 주억였다. 누군가 내가 옮긴 중학교나 내가 대학원에 진학했다는 사실을 알려줬더라면? 하고 하 교수는 또 생각했다. 그래서 이 여자가 그때 다시 내 앞에 나타났더라면? 카페를 닫고 마우스로 시스템 종료를 클릭하면서도 그는 생각을 그치지 않았다. 별다른 뜻도 대단한 마음의 동요도 없었다. 그냥 상상으로 해보는 잠깐의 생각이었다.

다시 한 달쯤 지나 여자가 세 번째로 전화했다. 이번엔 핸드폰이었다. 남해 두미도에 내려가 있던 하 교수는 민박집 마당에서 전화를 받았다.

"네, 멀리 와 있습니다."

"어디 외국에 나가 계신가요?"

"아닙니다. 바다에 와 있어요."

동료들을 피해 대문을 나서며 하 교수가 말했다. 여자는 이후 이쪽의 형편은 고려하지 않은 채 반 시간 가까이 이런저런 이야기를 늘어놓았고 하 교수는 섬의 비탈길 아래 펼쳐진 바다와 그 건너 작은 섬을 바라보면서 여자의 이야기를 들었다. 맑은 한낮인 데다 바람이 없어

춥지 않은 이른 겨울날이었다.

"선생님은 지금도 담배를 피우세요?"

"몇 년 전에 끊었습니다."

"잘하셨어요. 우리 애들 아빠 담배를 배우지 않았어요. 대신 커피를 너무 많이 마십니다. 하루에 스무 잔 넘게 마시는 날도 있어요."

돌담을 따라 골목길을 왔다 갔다 하며 하 교수는 다음 번에 쓸 칼럼은 지극히 감상적인 글이 될 것 같다는 생각을 했다. 여자의 이야기보다는 매주 돌아오는 연재 칼럼에 대해 걱정할 정도로 그는 여자의 말에 집중하지 않았다. 여자는 자신의 결혼과 결혼 생활에 관해 말하면서도, 꼭 꼬집어 묘사해야 할 대목이 있으면 친구의 경우를 대입했다. 하 교수는 여자의 목소리를 감상하듯이 숨죽이고 서서, 한 달 전 여자의 사진을 바라보면서 이 여자와 결혼했더라면 어떤 인생이 됐을까, 하고 상상하던 자신을 생각했다. 여자는 재차 상대방이 있는 정확한 주소를 물었다.

"지금 있는 덴 두미도란 섬입니다. 경상남도죠."

여자가 다시 물었다.

"거제도 그 어디쯤인가요?"

"네, 거제와 남해 사입니다."

"선생님, 언제 저도 한번 데리고 가주세요. 꼭 한번 섬에 가보고 싶어요."

어떤 일이 있어도 자신은 도덕적인 사람이라고 하 교수는 생각했다. 너무 도덕적이라 탈이다, 하고 그는 하늘을 쳐다보고 웃었다.

"여긴 낚시하는 사람들만 오는 데라서…… 그리고 하루나 이틀 자고 가는 경우가 많아요. 낚시를 하다 보면 이 섬 저 섬 옮겨 다니기도 하고."

"그래도 좋아요."

긴 이야기가 아니더라도 여자의 마음을 짐작할 수 있었다. 한 번쯤 만났으면 하는 뜻이었으나 하 교수는 그럴 생각이 없었고 그럴 용기도 없었다. 내가 지금 이 여자를 만나서 뭘 하나? 하는 생각을 하니 결론은 간단했다. 만날 이유가 없었다. 여자는 별로 행복한 가정생활을 하는 사람이 아닌 듯했다. 고위직 공무원인 남편은 권위적인 데다 독선적이라 부부 사이가 원만치 않은 듯했고, 딸만 둘인데 둘 다 다 컸으니 여자로선 할 일이 없는 모양이었다.

"우리 애 아빠 취미로 붓글씨를 써요. 그저께 토요일 밤엔 밤새도록 그러니 어쩌겠어요. 연달아 커피를 마시면서 죽어라 붓글씨를 쓰네요."

남편의 좌골신경통과 자신의 대상포진에 대해 이야기하더니 또 이상한 소릴 했다.

"선생님, 전 동그란 탁자를 하나 사야겠어요. 어떻게 생각하세요?"

"왜요?"

"그럼 기분이 좀 나아질까요? 아니면 머리를 커트해버릴까요?"

"……."

"동그란 탁자와 등나무 의자를 사야겠어요. 어떻게 생각하세요? 등나무로 만든 흔들의자 말입니다."

전화를 끊은 뒤에도 하 교수는 골목길에 혼자 서 있었다. 어쩌면 여자는 남편과 결혼한 이후에도 자신을 잊지 못했는지 모른다는 생각을 했다. 근거는 없었다. 전화로 전해 들은 여자의 근황으로 그녀의 심중을 재단할 순 없었다. 중년 여자의 변덕은 그 이유가 정확하지 않다고 하잖아, 하고 하 교수는 혼자 씩 웃었다. 그러나……, 하고 그는 여자의 고독에 대한 은밀한 원인을 캐고자 다시 생각하기 시작했다. 남편에게서 교원 실습생 시절 데이트하던 총각 선생님의 이미지를 찾으려 애썼고, 지워 버리지 못한 총각 선생님의 순수한 태도와 촌스런 영혼을 그리워하고 있었는지도 모를 일이다, 하고 추측했다. 여자의 이야기를 통해 짐작컨대 남편의 이미지와 자신의 이미지는 영 딴판이었다. 남편은 유능하긴 하지만 다소 거칠고 자기중심적인 사람인 듯했다. 그래서 여자는 결혼 생활에서 만족이나 행복을 느끼지 못했을지 모른다는 생각이 들었다. 그렇게 참으며 이제껏 별일 없이 살아오긴 했지만 사실은 줄곧 방황하고 있었던 건 아닐까? 그러나 그뿐이었다. 자신으로선 어쩔 수 없는 일이었다. 그때 이 여자와 결혼했더라면 내 인생은 어떻게 됐을까? 하는 질문은 영원히 답을 마련할 수 없는 문제였다.

그 뒤로 여자는 몇 번 더 전화했다. 냉정하게 마음을 다잡은 하 교수는 의례적인 안부를 묻고는 곧 끊어버렸다. 더 이상 남편 이야기도 그녀 자신의 엉뚱한 이야기도 들을 수 없었다. 그렇게 한 해가 흘러 삼십 년 만에 전화를 주고받은 지 일 년쯤 지난 뒤였다. 하 교수는 어쩔 수 없이 여자의 전화번호를 스팸 처리할 수밖에 없었다.

4

4

제자가 노인에게 전을 권했다.

"깻잎을 더 드시죠."

안주가 아니라 이야기를 멈춘 노인의 요깃거리로 권
한 것이다.

"응, 그래."

사십 년 전 깻잎을 먹지 않았다는 이야기 때문에 한
말인데, 노인은 별생각 없이 받아들였다. 식으면 다시
데워 달랄 참이지만 별로 먹질 않아 모둠전 소쿠리는 아
직 수북했다. 테이블이 네 개뿐인 주점은 그나마 텅 비

어 썰렁하기 이를 데 없고 주인 노파도 낮잠에 빠졌는지 보이지 않았다. 바람은 잦아들었으나 비는 여전히 내렸다. 칙칙거리는 빗소리가 다시 들려왔다.

"왜 그러셨어요?"

"그럴 수밖에 없었어."

여자의 핸드폰 번호를 스팸 처리할 수밖에 없었던 이유에 대한 문답이었다.

"차마 입에 담지 못할 성적인 표현을 문자메시지로 보내니 어쩔 수 없었다네. 날마다 그러니까. 응? 그러니 어떡해. 그냥 스팸 처리하고는 전화를 받지 않았지."

"대강 말씀해보세요."

"뭘?"

"어떤 내용이었는지."

"에이, 이 사람. 성적인 표현이라잖아."

"뭐 어떻습니까. 교수님하고 저하고 둘뿐인데."

노인은 미간을 찌부러뜨리며 손바닥을 들어 휘저었다.

"에이, 내 입으로는 도저히 말하기 힘들어."

"대강만 말씀해보세요. 어떤 내용인가?"

"뭐, 잠옷 바람으로 혼자 침대에 누워 있다든가, 외로워 잠자지 못한다든가 하는 말이야 있을 수 있는 말 아닌가?"

"그렇죠."

"그런데 이건 그런 류가 아니야."

"누굴 기다린다는 겁니까? 침대에 누워 교수님을 기다린다는 말인가요?"

"그렇지 뭐."

노인이 무안한 눈빛을 했다.

"어디서 그런 말을 얻어들었는지 그게 궁금할 지경이었다네. 그러다가 한 번은 자기가 안나 카레니나처럼 머리를 잘랐다고 하더구먼. 그리고 나를 기다린대요. 그러니 그게 뭔가? 내가 오지 않으면 달려오는 기차에 뛰어들기라도 하겠다는 소리야?"

"그런가요?"

"그런 협박은 애교야. 어린애들도 하지 못할 추잡한 말을 날마다 보내니 얼른 지우지 않으면 누가 볼까 겁나. 그러니 어쩌겠나. 그러는 수밖에."

"교수님, 요즘 신경정신과에 가면 신경쇠약이나 망상 장애 증상이 있는 나이 든 여자들이 보통 그런답니다. 옛날과 달리 요즘 여자들은 정신적으로 이상해지면 그렇게 성적 불만에 대한 증상을 과격하게 드러낸다고 해요."

"참, 큰일이구먼."

"요즘 여자들은 음식에 대한 허기나 신체적 해방의 욕구 대신 해소하지 못한 성적 욕망이 무의식으로 남아 그런 행동으로 나타난다는 겁니다. 특히 엄한 집안에서 자라 여염집 주부로 살아온 부인네들이 그런대요."

"거봐. 소설가는 금방 알아채잖아."

"그분도 그랬나보죠?"

"그런지도 모르지."

무심한 대답 뒤에 노인은 다른 말을 덧붙였다.

"내용은 그런 성적인 표현이지만 뜻은 그렇지 않았을 거야. 우린 서로 손도 잡아보지 않았는데 무슨 성이니 욕망이니 하는 게 있겠는가. 기다림이라는 욕망이 있다면 모를까."

"기다림이라는 욕망이라……."

제자는 혼자 소주를 마셨다. 안주로 고구마전을 먹고 있는데 노인이 말했다.

"이젠 자네가 이야길 하게."

"교수님 이야기가 아직 끝나지 않았잖아요."

소주를 들이켜고 인상을 쓰면서 노인이 다시 말했다.

"내 이야긴 아직 많이 남았어. 사연이 길고 사건도 더 있어. 그러니 자네 이야기를 먼저 해봐."

"뭘 할까요? 소설 이야길 먼저 할까요?"

"그래."

그래서 제자가 이야기를 시작했다.

"이 소설은 한 남자가 우연한 곳에서 자신과 동명이인인 소녀를 만나며 시작됩니다. 그런데 그 우연이 운명적 계시였다는 거죠."

노인은 제자의 어깨 너머 유리창 밖 강우의 풍경을 바라보고, 제자는 그런 노인의 이마를 향해 이야기했다.

"어느 날 강원도 첩첩산중 산골짜기 끝자락에 있는 누추한 초가로 젊은이 둘이 찾아듭니다. 두 사람은 미술사를 전공하는 대학원생으로, 한 명은 사설 미술학원에서 강사로 생활하는 스물아홉 살 박사과정 노총각이고 한 명은 아직 군대를 가지 않은 석사과정 어린 학생이에요. 둘은 암각화를 조사하는 중인데 그 초가 뒤편 바위에 뭔가 글자가 새겨져 있다는 소릴 듣고 찾아온 겁니다. 그들이 초가의 툇마루에 걸터앉은 시간은 저녁나절로 골짜기엔 어느덧 어스름이 깔리고 있었어요. 계절은 가을이고요. 박사과정 젊은이가 주인을 불렀어요. 그러자 호호백발 노파가 방문을 열었습니다. 젊은이는 집 뒤편 바위에 있다는 글자를 보러 왔다고 말했어요. 방문턱을 짚은 채 노파가 그의 이름을 물었습니다. 젊은이의 성명을 들은 노파가 놀란 눈으로 다시 물었어요. 이름을 한자로 어떻게 쓰느냐고. 그러자 젊은이는 별 성星 자, 별 신辰 자를 쓴다고 대답했습니다."

"음, 그래."

"옷을 차려 입은 노파가 툇마루로 나와 고무신을 신었습니다. 그러곤 두 사람을 이끌고 뒷마당으로 돌아갔죠. 그곳엔 땅과 직각을 이루고 선 바위 벽이 있는데 그 한가운데 한자가 음각돼 있었어요. 金星辰. 그 세 자가 세로로 적혀 있었습니다."

이야기를 멈춘 제자가 노인에게 물었다.

"교수님 어떻습니까? 좀 고전적인가요?"

"고전적이라기보다는 작위적이네. 게다가 어째 이름이 '성신星辰'인가? 일월성신日月星辰 춘하추동春夏秋冬이란 글자는 이름에 쓰지 않는 법인데."

"그건 성명학 하는 사람들의 괜한 소리 아닙니까? 날일日 달월月 자 들어가는 이름이 얼마나 많은데요. 봄춘春 여름하夏 자도 마찬가지구요."

"그렇긴 하지만. 그래도 여하튼 시작이 너무 작위적이야."

"작위적이라면 꾸민 듯하다는 뜻인데요, 그런데 그걸 누가 꾸민 듯하다는 말씀인가요?"

"누구긴 누구야 자네지."

"그렇다면 괜찮습니다. 소설에 등장하는 인물의 인생이 소설가가 꾸민 듯하다면 그게 바로 등장인물의 운명 아니겠습니까."

노인이 웃었다.

"자네 맘대로 해. 자네 소설인데 누가 뭐라겠나."

"그렇습니다. 절대자가 꾸민 운명이라면 그게 바로 현실이죠. 우리도 그런 현실을 운명이라고 하면서 살아가지 않습니까."

"그러니 자네 맘대로 해. 나한테 소설 강의할 필요는 없어."

두 사람은 각자 좋아하는 전을 하나씩 베어 물었다. 북어전을 다 씹어 삼킨 다음 제자는 이야기를 계속했다.

"노파가 박사과정 젊은이에게 말했습니다. 자기가 재작년부터 그를 기다리고 있었다고 말입니다. 그러면서 저간의 사연을 이야기했죠."

제자는 자신의 소설에 등장하는 노파의 말을 노파의 어투로 대신했다.

"십오 년 전 어느 날 한 늙은이가 이 집으로 찾아왔다오. 포대기로 감싼 갓난 여자아이를 품에 안고서. 늙은이는 하룻밤 묵기를 청하더니 다음 날 이른 아침 정과 망치를 들고 여기로 와 저렇게 글자를 새겨놓았어요. 그런 뒤 갓난아이를 내게 맡기고 떠나면서 말하지 않겠소. 이 아이가 열네 살이 지나면 한 남자가 여길 찾아올 것이니 그 사람한테 이 아이를 넘겨주라고 말이오. 그 늙은이가 그랬어요. 두 사람은 부부로 맺어질 운명을 타고 났다고. 내가 그 사람인지 아닌지 어떻게 아느냐고 물었더니 그 늙은이가 일러줬어요. 이 갓난아이와 그 청년의 이름이 똑같은데 그 이름을 바위에 새겨뒀다고 말이오. 그래서 내가 여태까지 그 아일 키우며 살다가 작년부터 그 사람이 나타나기만을 기다리고 있었소. 자네를 말이오."

제자가 노인의 눈치를 살폈다. 노인은 뭐 들을 만하네, 하는 표정을 짓고 있었다.

"초가의 마당으로 돌아온 두 젊은이는 툇마루에 걸터앉았습니다. 졸지에 자신의 배필을 만난 스물아홉 살 노총각은 어이없었으나 그냥 자신의 운명의 모양을 지켜보기로 했어요. 마당가에 서서 이쪽저쪽 산자락을 향해 소리 지르는 노파를 멀거니 바라보고만 있었죠. 노파는 앙칼지고 울림이 큰 목소리로 여자아이의 이름을 불러 댔어요. 성신아, 성신아, 성신아, 하고 말입니다. 올해 열다섯 살 된 여자아이의 이름은 대학원생 노총각과 같은 김성신이었고, 작년 봄 중학교에 입학하자마자 학교 가

기를 그만두고 날마다 이 산 저 산 돌아다니며 놀고 있
다고 했어요. 마당에 선 노파가 툇마루에 앉은 김성신이
란 젊은이에게 그러한 사연을 이야기해줬지요."

"그래 계속해. 재밌구먼."

"어둠이 내린 산 밑에서 사람의 형상이 나타나더니
초가를 향해 뛰어왔어요. 젊은이는 자신을 향해 다가오
는 그 소녀를 바라보았습니다. 검고 풍성한 머리카락이
어깨를 덮은 가냘픈 몸매의 소녀였어요. 소녀가 텃밭 가
를 돌아 마당으로 올라섰습니다. 그러다가 멈춰 섰죠.
낯선 손님을 발견한 것입니다. 마당귀를 밟고 서서 맞
은편을 바라보는 소녀에게 노파가 말했습니다. 애야, 네
남편이 널 데리러 왔구나. 강렬하고 묘한 빛이 서린 두
눈에 이목구비가 또렷한 소녀는 거친 숨을 참으며 서 있
었습니다. 소녀에게 다가간 노파가 그녀의 손을 잡아당
겼습니다. 하지만 소녀는 노파의 손을 뿌리치고선 초가
옆으로 달려갔어요. 툇마루에서 일어나 마당으로 내려
온 두 젊은이가 노파 곁에 나란히 섰을 때 어둠을 사르
는 환한 불빛이 초가 옆에서 피어났어요. 그 불빛이 마

당으로 걸어왔습니다. 소녀를 뒤따라 세 사람은 초가 뒤편 바위 아래로 다가갔습니다. 소녀가 횃불을 쳐들자 두 사람의 이름이 좀 전보다 한결 또렷이 드러나 보였어요. 얼굴을 돌린 소녀는 불꽃 이글거리는 두 눈을 들어 비로소 남자의 눈을 들여다보았습니다. 무언가 말할 듯 입술을 열었으나 말하진 않았어요. 대신 숲의 냄새를 맡느라 턱과 코끝을 들어 올렸다간 이내 내렸을 뿐입니다."

"그 참, 자네가 또 하나 신화를 만드는구먼. 예전엔 왜 뒷간에 앉아 면경을 들여다보면 장차 자신의 배필이 될 남자의 얼굴이 떠오른다고 하잖던가? 그보단 좀 업그레이드되긴 했어."

"그렇죠. 그 미욱한 속설보다야 제 소설이 훨씬 진보했죠. 어두컴컴한 뒷간에서 면경을 들여다보면 거기에 어떤 얼굴이 떠오르겠어요? 당연히 왜곡된 자신의 얼굴이겠죠. 그러니 여자들은 하나같이 자신과 닮은 남편 만나기를 소원하고, 남편이 자신과 같기를 강요하는 겁니다. 그런 미신이야말로 얼마나 불행한 계시인가요? 그에 비해 제 소설의 계시는 확실한 역사적 진행이 있고

문자 행위가 뚜렷하잖습니까."

"알았어."

"그래서 스물아홉 살 노총각은 열다섯 살 소녀를 데리고 서울로 와요. 산골짜기는 그런 힘을 가진 곳입니다. 자신 앞에 놓인 상황을 운명으로 받아들일 수밖에 없도록 하는 힘 말입니다. 자신이 거절한다면 이 소녀는 이 세상 어디에도 갈 곳이 없다고 노총각 김성신은 생각하죠. 그래서 소녀에게 산골 소녀의 야성에 어울리는 아름다움을 스스로 만들어 부여합니다. 매력이라고 말입니다. 유일하다고 말입니다. 다른 부족한 면은 살아가면서 차차 더할 수 있다고 말이죠. 소녀야말로 자신이 산중에서 만난 한 송이 야생화라고 믿어요."

"그래서 우리는 결혼이라는 걸 하게 된다네. 남자든 여자든 결국엔 다 그렇게 나약한 자신과 결혼하는 법이지. 어쩔 수 없는 일이야."

"네. 그래서 두 사람은 서울에 있는 남자의 집에서 함께 살아요. 그 집은 아파트 단지 한쪽 벼랑 끝에 있는 낡은 기와집입니다. 일찍 돌아가신 남자의 부모가 외아들에게 물려준 집으로 마치 공원의 전망대인 듯 주택가에서 뚝 떨어진 언덕 위에 있고, 한쪽은 낭떠러지며 다른 쪽은 콘크리트 축대로 막혀 있습니다. 축대와 축대 사이로 난 좁은 돌층계가 유일한 통로인데, 그 위에 있는 아파트 어린이 놀이터를 통해 마을 길로 나설 수 있어요. 행정적 용어로 말하자면 그 집은 맹지에 위치한 주거 건물이죠. 그 집에서 남자는 학원 강의와 대학원 수업을 다니고 소녀는 그림을 그립니다. 소녀는 처음엔 학교 공부를 시작했으나 그런 공부엔 영 취미를 붙이지 못했어요. 그래서 남자는 소녀에게 그림을 가르치기로 하고, 오래도록 아무도 내려가본 적 없는 좁은 지하실로 내려가 먼지를 닦아내고 단장한 뒤 소녀에게 아틀리에를 마련해준 겁니다."

"그 방이 '꽃의 방'이로구먼."

"그렇습니다."

"그 지하실이 궁금하네."

"남자 이외에는 세상 그 누구도 모르는 지하실이었어요. 남자는 사방 벽과 천장과 바닥을 소석회로 하얗게 바르고, 소녀와 자신만 드나드는 비밀스런 공간으로 만들었습니다. 그래서 남자가 외출한 시간이면 소녀는 그곳에서 그림을 그렸어요."

"할머니는? 산골짜기의 그 노파는?"

"노파는 소녀를 떠나보낸 이듬 봄 초가의 안방에서 숨을 거뒀고 초가의 텃밭에 묻혔습니다. 그러니 이제 온 세상에서 소녀를 돌볼 사람은 남자뿐이죠."

5

5

　"남편, 남편, 남편……."

　소녀는 노래하듯 그렇게 남자를 부르며 졸졸졸 따라
다녔다. 그리고 남자는 소녀를 그때그때 여러 가지 대명
사로 불렀다. 대개는 '성신'이나 '나의 성신'이나 '신부'
나 '나의 신부'라 불렸지만, 어떤 땐 '별'이나 '사랑'이나
'꽃'이나 '꿈'이라 부르기도 했다. 결혼식이나 혼인신고
는 미뤄둘 수밖에 없었으나 남자와 부부가 된 소녀는 이
젠 어엿한 신부였다. 학교를 다니지 않고 홀로 그림 공
부한다는 사실을 제외하면 특이하거나 부족한 점이 없

었다. 오히려 영리하고 날랜 살림 솜씨로 남편을 놀라게 할 때가 많았다.

불행의 빌미는 폭우라고 해야겠다. 다음 해 이른 봄, 열흘 넘도록 거친 비가 쏟아졌다. 통 전화를 받지 않기에 남편은 다른 날보다 일찍 귀가해 지하실로 내려갔다. 지하실에도 이 방에도 저 방에도 신부는 없었고 핸드폰이 없던 시절이라 달리 연락할 방법이 없었다. 다음 날 새벽이 돼서야 어둠과 빗물이 흘러내리는 돌층계를 통해 그녀가 집으로 돌아왔을 때에도 비는 여전히 쏟아지고 있었다. 그녀는 빗물 흘러내리는 이마를 들어 몽롱한 눈으로 남편을 바라보았다. 남편은 그 이유를 짐작했다. 하지만 남편은 바빌론의 왕이 아니었다. 아파트 단지의 영역을 나타내는 높고 가파른 콘크리트 축대 아래 자리한 낡은 기와집 주변의 좁은 땅을 강원도 산골짜기와 같은 공중정원으로 꾸밀 능력이 없었다. 자신의 가슴에 젖은 머리를 처박고 우는 신부를 달래며, 남편은 흙 묻은 이젤과 부러진 소파가 한쪽에 넘어져 있고 소나무와 사철나무 따위 정원수 몇 그루가 엉성한 꼴로 서 있는 창

밖의 을씨년스런 풍경을 바라볼 뿐이었다. 다음 날 남편은 신부를 데리고 신경정신과를 찾았다. 우울증 치료약을 복용하며 신부는 지하실에서 그림을 그렸다. 그해는 그렇게 지나갔다.

신부의 두 번째 가출은 그다음 해 비 오는 봄날에 일어났다. 정확한 시간과 정확한 과정은 알 수 없지만, 사흘 뒤 제 발로 돌아온 그녀는 그동안 쫄쫄 굶으며 전화기만 바라보고 지낸 남편의 품에서 슬픈 소리로 울었다. 세 번째 가출은 그로부터 두 달 뒤 초여름의 비 오는 날이었다. 이번엔 가출신고를 했고 남자는 강원도 산골짜기까지 찾아갔다. 하지만 신부는 그곳에 없었다. 한 달이 지난 어느 날 경기도 서해안 한 항구에서 발견된 그녀는 항만 파출소에서 남편을 기다리고 있었다. 늙고 못되게 생겨먹은 경찰관이 남편에게 말했다.

"주소와 전화번호를 말하기 전까진 정신병원에서 탈출한 환잔 줄 알았소."

신부는 파출소 의자에 쓰러져 있던 하룻밤 동안 어떤 생각에 빠져 있었다. 그래서 집으로 돌아온 뒤 책장에서 꺼낸 보티첼리의 화집을 펼쳐놓고 「봄」이라는 작품을 골똘히 들여다보았다. 그림의 오른쪽을 손가락으로 짚으며 남편이 말했다.

"이 사람이 봄을 몰고 오는 서풍 제피로스야. 그리고 도망치는 이 어린 요정이 클로리스야. 입에 꽃을 물고 있지? 그런데 금방 이렇게 성숙한 봄의 여인으로 변신하잖아. 나의 성신이처럼…… 꽃의 여신 플로라로 변해 사방에 꽃을 뿌리고 있잖아."

플로라의 손으로 옮겼던 신부의 눈길은 이내 갖가지 꽃이 만발한 정원으로 돌아갔다. 남편은 여자아이가 한 순간 성숙한 여인으로 변모한다는 그림의 내용을 설명하고자 했지만 신부의 관심은 꽃이었다.

"남편, 난 이 꽃을 여기에 그릴래요."

"응?"

그림 한가운데 있는 비너스와 큐피드를 보고 있던 남편은 신부가 가리키는 벽면으로 눈길을 돌렸다. 신부의 손가락 끝은 이리저리 움직여 사방의 회벽을 하나하나 가리켰다.

"벽에 그림을 그려?"

"네."

"그래? 좋다. 김성신이 좋다면 나는 다 좋다."

그녀가 지하실 회벽에 보티첼리의 꽃을 그리겠다고 나서자 남편은 라루스 출판사에서 편집 출판한 크고 두꺼운 책 한 권을 구해왔다. 산드로 보티첼리의 「봄」을 삼백 점의 세부도로 잘라 펴낸 특별한 도록이었다. 신부는 숲과 동산에 핀 꽃만이 아니라 플로라의 드레스를 장식한 하나하나 저마다 다른 꽃을 골똘히 살폈다. 보티첼리는 이 그림에 백구십여 종의 꽃을 그렸는데 그중 서른세 종의 꽃은 상상의 꽃이었다. 신부는 그 상상의 꽃을 좋아했다. 꽃송이로 뒤덮인 여신 플로라의 얼굴을 손가락 끝으로 짚으며 남편이 말했다.

"보티첼리의 그림에 늘 등장하는 한 여자가 있어. 바로 이 여신의 모델이 된 여자지. 그녀의 이름은 시모네타 카타네오 데 베스푸치였어."

어린 신부는 남편의 이러한 이야기를 좋아했다. 아름다운 처녀가 용감한 청년을 만나 사랑에 빠지는 이야기엔 눈을 빛내고 귀를 기울인 채 잠을 잊었다. 남편 또한 신부에게 그런 이야기를 들려주는 시간을 즐겼다.

"시모네타는 피렌체 북쪽 지방 제노바의 유력 가문인 카타네오 집안 출신이야. 그때 피렌체와 제노바는 각각 도시국가였으니 시모네타는 제노바 사람이라 할 수 있지. 그런데 시모네타는 열다섯 살에 피렌체의 베스푸치 집안으로 시집을 왔어. 지금 우리 성신이와 같은 나이였지. 얼굴도 예쁘고 성격도 너무 고와 피렌체의 여왕으로 뽑히기도 했으니 피렌체 남자라면 누구나 그녀를 좋아했어. 평생 결혼을 하지 않은 보티첼리도 마찬가지였대요. 보티첼리가 동성애자였다는 이야기가 있는데 그런데도 이성인 시모네타를 좋아했어. 하지만 그녀는 그만 스물두 살 어린 나이에 폐결핵으로 죽어버리고 말았어. 피렌체 남자들은 죄다 허탈감에 빠졌지. 그토록 아름다운 여인이 이 세상에서 사라졌다는 사실에 하나같이 정신을 잃을 지경이었는데, 보티첼리도 그랬어."

화집에 머물던 신부의 시선은 어느덧 남편의 눈 속으로 스며들고 있었다.

"보티첼리는 이후 삼십 년 동안 시모네타가 묻힌 성당이 내려다보이는 언덕의 누추한 집에서 가난하고 외롭게 살았어. 오직 자신의 그림 속에 그녀를 그려 넣으면서. 사십 대 후반 어느 날 그가 자신의 그림을 불태우면서 광적인 도미니크회 수도사에 빠져들었던 이유도 그 수도사가 주장하는 영생을 믿었기 때문이라고 해. 현생에선 신분의 차이로 다가갈 수 없었던 시모네타를 내생에 다시 만나 사랑을 고백할 생각이었는지도 모르지."

남편은 신부의 머리카락 사이로 오른손 손가락 다섯 개를 다 집어넣었다. 그리고 신부와 눈을 맞춘 채 이야기했다.

"여기 이 여인, 플로라가 바로 시모네타의 얼굴이야. 「비너스의 탄생」의 주인공 비너스도 바로 시모네타 얼굴이지. 어때? 가엽고 순결한 사랑이지?"

"네, 나의 남편."

"보티첼리는 그렇게 한평생 시모네타만를 짝사랑했어요. 살아 있을 때도 그랬고 죽은 뒤에도 그랬지. 그러니 그 사랑이 어떤 사랑이겠어?"

남편은 풍성하고 검은 신부의 머리카락을 오래도록 빗질했다. 신부는 언제나 남편의 이러한 손길을 즐겼다. 남편의 손이 턱으로 내려오자 그 손가락을 입에 문 채, 신부는 웅얼거리는 소리로 남편에게 물었다.

"남편, 보티첼리는 한 번도 이 여자의 손을 잡아보지 못했겠네요?"

"당연하지. 보티첼리는 여자를 단지 여자로 여기는 사람이 아니었으니까. 그래서 보티첼리는 자신이 죽으면 시모네타 발끝에 묻어달라고 후배인 레오나르도 다빈치한테 부탁하기도 했어."

"부끄럽지도 않았나 봐요."

"순결하니까 부끄러움이 없지."

"그래도……."

"나의 성신, 보티첼리에게 시모네타는 여자나 애욕의 대상이 아니었어. 아내나 사랑의 대상도 아니었지. 보티첼리에게 시모네타는 생의 의미나 종교의 구원과 같은 존재였거든. 어쩌면 그런 사랑은 짝사랑만이 가능한 일인지도 몰라."

"그래서 보티첼리는 이 여자 발끝에 묻혔대요?"

"응, 그렇게 됐어. 보티첼리는 시모네타가 죽은 지 삼십사 년이 지난 1510년 봄, 예순여섯 살에 생을 다했는데, 피렌체 사람들은 이 노인을 연인의 무덤 곁에 묻어줬어요. 그래서 보티첼리는 지금 피렌체의 산살바토레 디 오니산티 성당 안에 시모네타와 나란히 묻혀 있어. 피렌체 사람들은 보티첼리의 짝사랑을 위대하다고 여겨 이러한 배려를 베푼 거지. 어때? 멋지지?"

"슬퍼요, 나는."

신부는 하얀 회벽에 연필로 밑그림을 그리고 포스터 컬러로 채색하는 방법을 통해 보티첼리의 꽃을 그곳에 옮기기 시작했다. 하지만 한쪽 벽면을 다 채우기도 전에 그녀는 다시 가출했다. 두 번째 가출신고를 접수하던 경찰관은 남편의 폭력을 의심하는 눈치였다.

"짐작 가는 데는 있어요?"

"없습니다."

신부의 병증이 심각하다는 사실을 깨달은 남편은 절망했지만 찾아 나설 생각을 하지 못했다. 다섯 달 뒤 신부에 관한 소식은 먼 곳에서 날아왔다. 송수화기 저편의 남자는 자신을 충청북도 면소재지 파출소에 근무하는 경찰관이라고 밝혔다. 비렁뱅이 꼴로 달걀을 훔치던 신부는 벽지의 외딴 양계장 주인에게 붙잡혔다. 왜 그곳으로 가게 됐는지, 이제껏 어디서 어떻게 살았는지, 집으로 돌아온 뒤에도 신부는 말하지 않았다. 대신 남편의 품에 안겨 눈물바람으로 울부짖었다.

"남편, 남편, 나의 남편……."

불행의 끝은 비극적인 사건으로 이어지고 말았다. 그때까지 지하실 회벽에 꽃을 그리는 신부의 작업은 많이 진척돼 천장과 바닥을 제외한 네 면은 보티첼리의 꽃으로 가득 차 있었다. 내일부터는 천장과 바닥에 꽃을 그릴 계획이라고 신부는 말했다. 그날 밤이었다. 빗소리에 잠을 깬 남편은 현관문을 열고 맨발로 달려 나갔다. 잠옷 위에 점퍼만 걸친 신부는 돌층계를 오르고 있었다.

"성신아!"

몽롱한 눈동자의 신부가 남편을 돌아봤다. 그녀의 정수리와 목덜미를 향해 쏟아지는 빗줄기가 돌층계 꼭대기에 선 가로등 불빛 속에서 드러나 보였다.

"성신아, 그만!"

그러나 신부는 저편을 향해 고개를 돌렸다. 놀이터 낮은 벽돌담을 타 넘어 포장도로로 달려 나가서야 남편은 거칠게 뿌리치는 신부를 두 팔로 껴안을 수 있었다.

"성신아, 날 봐!"

신부를 안아 들고 돌층계를 내려오던 남편은 빗물에 미끄러지며 그녀를 떨어뜨리고 말았다. 살짝 무릎이 까진 남편과 달리 목을 접질린 신부는 한마디 말도 못 하고 숨을 거뒀다. 비에 젖은 채 늘어진 그녀를 거실 바닥에 눕혔을 때, 그녀는 숨 쉬지 않았고 맥박도 뛰지 않았고, 반쯤 뜬 눈과 반쯤 열린 입술로 남편을 올려다보고 있었다. 폭우는 세상을 깨부술 듯 밤새 퍼부었고 그 밤 내내 남편은 지하실에 있었다.

전기톱으로 회 바닥을 잘라낸 뒤 그 아래 도자기 타일을 들어내자 흙이 드러났다. 남편은 신부를 눕힐 만큼 흙을 퍼내고 그곳에 소석회를 부어 광중의 바닥을 만들었으며 전기톱으로 잘라낸 회 바닥 조각을 그곳에 깔았다. 파이돈 출판사의 화집 시리즈로 신부의 관을 꾸미기로 마음먹은 남편은 한 권 한 권 화집을 바닥에 늘어놓았다. 레오나르도와 미켈란젤로, 라파엘로와 조르조네, 그리고 루벤스까지 촘촘히 늘어놓고선 티치아노를 베개로 삼았다. 발치에는 바로크와 로코코 화가의 화집을 깔고, 낭만주의와 인상주의 화가의 화집으로 사방의 벽을 만들었다. 마네와 모네와 르누아르와 드가, 그리고 세잔과 고흐와 고갱의 화집 사이에 누운 신부는 비에 젖은 머리카락과 잠옷 차림이었다. 숨을 쉬지 않을 뿐 여전히 아름다운 그녀의 손과 발을 어루만지며 남편이 속삭였다.

"나의 예쁜 신부……."

발뒤꿈치에서 어깻죽지까지 신부의 몸을 쓸면서 남편은 중얼거렸다.

"나의 팔꿈치와 나의 손, 그리고 나의 손가락."

신부의 눈을 감긴 남편은 마지막으로 그녀의 이마와 입술에 자신의 입술을 맞췄다. 그런 뒤 남은 인상주의 화가의 화집으로 그녀의 몸을 덮었으며 라파엘전파의 화집으로 가슴과 얼굴을 봉하고 나니 끝이었다. 화집으로 꾸민 신부의 관 위에 생석회를 쏟아붓자 하얗고 두꺼운 이불을 머리꼭지까지 당겨 올린 듯 신부는 사라지고 없었다. 소석회로 틈서리를 메우고 그 위에 도자기 타일을 얹은 뒤 또 한 번 소석회 반죽을 발라 남편은 신부의 매장을 마감했다.

그런 뒤에도 비는 그치지 않았다. 샤워를 마치고 깊은 잠에 빠져드는 남편은 비 그친 저녁 무렵에야 허기를 느끼며 깨어나 혼자 밥을 먹었다. 다음 날 아침 출근길에 남편은 신부의 세 번째 가출신고를 했다. 동정하는 눈빛으로 남편을 올려다보며 경찰관이 말했다.

"얼른 어디 좋은 요양원을 알아봐야겠어요. 이번에 돌아오면 꼭 그러셔야겠어요."

이후 남편은 혼자 살면서 고독의 고통을 홀로 감내하는 나날을 참고 견뎠다. 그러나 수시로 찾아오는 그리움의 고통으로 남편은 지하실 바닥에 엎드려 신부를 불렀다.

"나의 신부야…… 나의 김성신……."

한 사람은 도시의 삶을 소망했지만 산딸기와 오디를

따 먹던 기억을 버리지 못했고, 때 묻지 않은 야생의 순수함을 아름다움으로 여겼던 다른 사람은 와인 잔을 들고 앉은 레스토랑에서 일어날 수 없었다. 함께 꿈을 꾸었으나 꿈의 가지는 각자 다른 방향으로 뻗어 삶과 죽음으로 동거하는 결혼 생활이 그들의 운명이었다.

"성신아, 별아, 별아, 나의 별……."

손바닥으로 바닥을 쓸며 남편이 중얼거렸다.

"그 어떤 별이라도 좋아. 우린 한집에서 살고, 같은 식탁에서 밥을 먹고, 영원히 같은 침대에 누워 잠자기를 바랐는데…… 그래서 난 널 어느 병원에도 보낼 수 없었는데."

어느 날 남편은 지하실 회벽을 채운 꽃 그림이 보티첼리가 자신의 작품 속에 그려 넣은 상상의 꽃이라는 사실을 알게 됐다. 그날부터 남편은 신부가 남겨둔 천장과 바닥을 꽃 그림으로 메워나갔다. 마침내 지하실이 꽃으로 빽빽하게 들어차 꽃의 방이 완성됐을 때, 경찰서에서 전화가 걸려왔다.

"가출신고하신 분 본인이신가요?"

"네."

"피신고자는 아직 귀가하지 않으셨죠?"

"네, 그렇습니다."

남자는 여자 경찰관을 바꿔줬다. 여경은 최근 발견된 여성 사체에 대한 몇 가지 정보를 전하며 혹시 김성신 씨와 유사한 점이 없느냐고 물었다. 남편은 없다고 반듯하게 대답했다.

"아니군요. 혈액형과 체형은 비슷하지만 우리 신부는 한 번도 수술한 적이 없을뿐더러 나이도 다른 것 같습니다."

여경은 인사를 잊지 않았다.

"가출하신 분이 속히 귀가하시길 바래요."

그다음 해 남편은 금발에 초록색 눈동자를 가진 프랑스 여자와 연애를 시작했다. 여자는 이혼 경력이 있는 독신의 동갑내기로 프랑스어 학원 강사였다. 프랑스 말을 배우고 프랑스 여자와 연애를 하면서 남편은 꽃의 방을 봉한 뒤, 오래된 기와집을 헐어내고 그곳에 서양식으로 멋진 살림집을 지었다. 증개축만이 가능했기에 기와집보다 그리 크진 않았으나 유리창이 많아 환한 집이었다. 남편은 그 집에서 프랑스 여자와 파티와 같은 동거 생활을 시작했다. 술을 마시고 노래 부르고 웃고 떠드는 혼란한 모임이 날마다 이어졌다. 그러던 어느 날부터 초록색 눈동자의 여자는 남편의 이상한 행동을 발견했다. 술을 마시면 거실 바닥에 엎드려 하염없이 울어대는 것이었다. 남편은 프랑스 여자가 알아들을 수 없는 여러 가지 소리로 중얼거렸다. 프랑스 여자가 알아들을 수 있는 말은 '꽃'이라는 한 가지 말뿐이었다. 흐느낌과 웅얼거림 속에 뒤섞인 '사랑'이란 말도 '신부'란 말도 '별'이란 말도 '성신'이라는 이름도 알아들을 수 없었다.

이들의 동거 생활은 오래가지 못했다. 프랑스 여자가 먼저 집을 나간 뒤 남자도 곧 어디론가 사라지고 빈집은 오래도록 버려진 상태로 그곳에 서 있었다. 그러던 어느 날 미술대학 학생들을 인솔해 백두대간을 종주하던 젊은 전임강사는 강원도의 한 산골짜기로 하산하고 있었다. 그는 십여 년 전 대학원 석사과정 재학 시절 박사과정 선배와 함께 이 산골짜기에 찾아왔던 사람이었다. 학생들을 이끌고 앞서가던 그가 말했다.

"그 바위가 이 골짜기에 있거든."

그러나 그곳은 쉽게 찾을 수 없었다. 자신이 툇마루에 걸터앉았던 낡은 초가는 흔적 없이 사라져버렸고 텃밭 자리에는 쑥대로 뒤덮인 낮은 봉분이 흔적으로 남아 있을 뿐이었다.

"교수님, 여기 꽃이 있어요."

일행보다 한 걸음 앞서 산기슭으로 다가간 여학생이 소리쳤다. 그리하여 전임강사가 십여 년 만에 그 바위 앞에 섰을 때, 그곳에는 화사하기 그지없는 꽃이 만발해 있었다. 바위도 보이지 않았고 바위에 새겨진 사람의 이름도 보이지 않았다. 땅에서 솟아 바위 벽을 타고 오른 꽃나무 줄기와 줄기, 가지와 가지에서 사방팔방으로 뻗은 넝쿨과 넝쿨에 열린 갖가지 꽃송이가 요염한 색깔로 그곳에서 빛나고 있었다. 보티첼리가 자신의 그림에 심었던 이 세상에 존재하지 않는 상상의 꽃이었다.

6

6

　여자의 전화번호를 스팸 처리하고 여러 달이 지난 어
느 날이었다. 울리는 핸드폰을 주머니에서 꺼내 폴더를
열었더니 액정 화면에 낯선 전화번호가 떠 있었다. 하
교수의 신분을 확인한 저편의 젊은 여자가 자신을 소개
했다.

　"죄송합니다."

　그녀는 여자의 두 딸 중 큰딸이었다.

　"전 교수님을 알아요."

　하 교수가 근무하는 대학교 졸업생이라고 그녀는 자

신의 학적을 밝혔다.

"전 법대였는데 교수님 수업을 들은 적이 있습니다."

한 학기 동안 하 교수의 교양과목 수업을 들었다는 인사 뒤에 그녀는 비로소 용건을 꺼냈다.

"저희 어머니가 교수님께 이상한 문자메시지를 보냈었죠?"

여자의 딸이 자신의 강의를 들었다는 말에 하 교수는 일단 마음을 놓았다. 하지만 자신과 여자의 관계도 그렇고, 여자의 딸이 꺼내놓는 통화의 내용도 예삿일이 아닌지라 조심스러울 수밖에 없었다. 하 교수를 안심시키려는 듯 여자의 딸이 말했다.

"그래서 전화드렸어요."

"그래서 스팸 처리했는데…… 그런데……."

"교수님, 너무 이상하게 생각하지 마세요. 우리 엄마가 정신적으로 좀 이상해졌거든요."

여자를 정신병원에 입원시키게 됐다는 말을 꺼냈다.

"병원으로 가기 전에 저한테 교수님 이야기를 하면서 전화하게 해달라고 했어요. 그래서 제가 엄마 핸드폰을 열어봤어요."

여자의 딸은 어머니가 다른 사람과 대화하기 어려운 상태라고 말했다.

"핸드폰을 열어봤더니 좀 괴상한……."

그런 얄궂은 문자메시지를 줄곧 보낸 어머니를 대신해 사죄한다면서 여자의 딸은 죄송하다는 인사를 되풀이했다.

"잘 알았으니 걱정 말아요."

"네, 교수님."

"그런데 어머니 상태가 좋지 않다니 안타깝군요. 잘 좀 보살펴드리세요."

위로의 말을 더하고 싶었으나 더 이상은 할 말이 없었다.

"나중에 어머니가 회복되거든 한번 전화해줘요."

딸은 공손한 인사와 함께 전화를 끊었다. 하 교수는 여자에게 그만한 나이의 딸이 있었기에 다행이라는 생각을 했다. 자신과 같은 해 첫아이를 낳았다고 했으니 좀 전 전화한 여자의 딸은 자신의 아들과 동갑내기로 스물일곱 살이었다.

수업을 마치고 저녁 식사를 한 뒤 연구실로 돌아온 하 교수는 형광등을 끄고 책상 위의 스탠드만 켜놓은 채 밤 늦게까지 혼자 있었다. 아내에겐 글을 쓴다고 했지만 식은 커피를 마시며 그냥 앉아 있었다. 별일 아닌 듯 무심코 지나치고자 해도 그렇게 되지 않았다. 여자의 딸을 통해 망측한 문자메시지에 관한 비밀은 풀었으나 여자가 정신병원에 입원했다니 측은한 마음에 앞서 궁금한 점이 한두 가지가 아니었다. 우선은 여자의 정신병 증상에 자신의 책임이 포함돼 있지나 않을까 하는 우려였다. 또 한 가지 미심쩍은 점은 그러한 내용을 구태여 자신에게 전달한 딸의 의도였다.

내가 왜 이 모든 일을 감당해야 하지? 하고 하 교수는 생각했다. 사랑 때문인가? 삼십 년 만에 듣는 그녀의 이름을 즉시 알아들었으니 사랑이 아니고 무엇인가? 자신이 이제껏 그녀를 간직하고 있었듯이 그녀도 자신을 간직하고 있었다는 사실은 분명했다. 설령 그렇대도 내가 책임져야 하나? 여자가 지금 그러한 감정 때문에 정신병원에 입원한 건 틀림없나? 안심하고 회피하려는 자신과 어떤 식으로든 책임을 지우려는 자신이 갈등하고 있었다.

"우리는 그런 사랑의 오솔길을 지나고 운명의 여울을 건너건만 그러한 사실을 깨닫지 못할 뿐이지."

캄캄한 창밖을 내다보면서 소파에 홀로 앉아 하 교수는 중얼거렸다.

"그렇다면 나도 여자도 진정한 사랑을 했는지도 몰라. 사랑은 언제나 그렇게 잎새 뒤에 숨어 누군가를 기다리다가는 짓물러 툭 땅으로 떨어져버리고 마는 법이니까."

연구실에서 나와 지하 주차장으로 걸어가면서도 하 교수는 어쩌나, 어쩌나, 하는 소리를 조바심으로 되뇌었다. 그러다가 한 달이 지났다. 어쩌면 이대로 잊어버릴 만할 때 여자의 큰딸이 다시 전화했다.

"궁금해하실까 봐 전화했습니다."

"그래요, 어머니는 어떠신가?"

"여전히 그렇게 계시죠. 본인은 편한가 봐요."

큰딸은 알아듣기 힘든 소리를 했다.

"병원에서 시키는 대로 치료도 잘 받고 밥도 잘 먹고

무리가 없는데, 중요한 문제는 현실로 돌아올 생각이 없다는 점입니다."

그러더니 어머니의 옷에 대해 말했다.

"빨간 스웨터를 입고선 죽어라 벗질 않아요. 입원할 때부터 입었으니 한 달이 지났잖아요."

빨간 스웨터란 말에 하 교수는 긴장했다. 그녀가 인터넷 카페에서 사용한 닉네임이 '빨강'이었다. 뭔가 더 하려던 말을 그친 여자의 딸은 이번엔 흔들의자에 대해 말했다.

"그렇게 앉아 계세요. 다소곳이 앉아 창밖을 내다보고 계시죠. 다음 주엔 흔들의자를 하나 사드릴까 생각 중입니다."

"흔들의자?"

"네, 언젠가 한번 등나무로 만든 흔들의자 얘길 했어요."

"그래요?"

한 마디 더 하고자 해도 할 말이 없었다.

"따님은 학생은 아닐 테고 아직 결혼 전인가? 아님 결혼한 새댁인가?"

"아뇨, 아직 결혼하지 않았고요. 지금 유학 중이니 학생이죠. 엄마가 아파 귀국했는데 곧 학교로 돌아갑니다."

그러더니 하 교수의 강의와 시에 대해 말했다.

"제가 교수님 수업 들은 적 있다고 말씀드렸죠? 그때 교수님의 영시 낭송이 인상적이었어요."

"그래?"

"네, 예이츠의 시였어요. 그 시 낭송이 기억에 남아요. 교수님도 기억하세요?"

"아니, 난 그때그때 기분 내키는 대로 하는 편이라 그건 기억이 없네. 왜 소설을 하지 않고 엉뚱하게 시를 낭송했을까?"

잠시 침묵하던 큰딸이 하 교수를 불렀다.

"교수님?"

대답을 기다리지 않고 그녀가 말했다.

"교수님, 전 곧 미국으로 돌아가거든요. 더 이상 엄말 보살펴줄 처지가 못 돼요. 그래서 오늘 교수님께 마지막으로 전활 드리는 건데요, 교수님은 우리 엄마가 왜 이러는지 아실 것 같아요."

"아니. 그런데…… 따님은 내가 왜 어머니 상태에 대해 알리라고 생각하나?"

"병원으로 오기 전 엄마가 제게 마지막으로 전화하게 해달라고 부탁할 때 말이에요. 그때 교수님에 대한 엄마의 감정을 짐작했어요. 하지만 엄마는 입원한 뒤론 그것도 다 잊은 듯해요. 진짜 멍청한 환자가 돼 고분고분하고 조용하죠."

잠깐 숨을 멈췄던 큰딸이 조용하고 짧게 말했다.

"엄만 누군가를 기다리기로 했나 봐요."

다시 전화하지 않겠다는 말과 함께 여자의 딸은 전화를 끊었다. 하 교수는 나더러 어쩌란 말이냐? 하고 소리라도 지르고 싶은 심정이었다. 그래서 그날 저녁엔 공연히 아내와 말다툼을 했다.

"고혈압이 유전적이란 건 의학계의 통설인데 왜 칼럼을 핑계로 삼으시나?"

"당신 성격이 문제죠. 그런 결벽증으론 뭘 써도 문제가 생겨요. 마감하자마자 다음 주 마감 땜에 스트레스 받으면서 그러세요."

아내는 남편의 고혈압이 연재 칼럼 때문이라고 우겼다. 병원 치료 이외에 식이요법과 자가 건강증진 비법을 잔뜩 수집해 온 아내는 하룻밤 새 삼천 번 절을 하면 만병이 낫는다는 삼천 배 공양의 효능에 대해 설명했다.

"절하면서 흘리는 땀이 우리 몸에 쌓여 있는 노폐물이에요."

아내가 대학 시간강사를 그만두고 외국계 투자금융 회사로 자리를 옮긴 지는 이미 십 년이 지났다. 그런 개명한 조직의 중견 간부라는 사람이 수시로 민간요법이니 자가 건강비방으로 남편을 들볶으니 좀 엉뚱한 편이었다. 아침저녁으로 열다섯 번씩 세 차례 푸시업을 하라든가, 쥐눈이콩을 날로 삼켜 대장 소장의 돌기를 청소하라든가, 새벽에 일어나 공복에 생수를 마시고 뜀뛰기를 하라든가, 초등학교 시절 운동장에서 전교생이 함께하던 보건체조를 하라고 거실에 배경음악을 틀어놓기도 했는데, 그 끝이 삼천 배 공양이었다.

한 달에 한 번씩 삼천 배를 해야 한다면서 이런저런 사찰을 알아보고 집에서 가까운 산사山寺의 프로그램을

점찍었다. 삼천 배를 하자면 밤을 새워야 하고 몸에 무리가 올 수 있으니 여러 가지 준비물이 필요했다. 절을 할 때 바닥에 까는 절보를 사고, 양말 신은 발이 마룻바닥에서 미끄러지지 않도록 신는 고무 덧신도 샀다. 온몸을 꽁꽁 감싸 땀을 빼야 하므로 목은 수건으로 동이고, 고무 덧신 안에는 면양말을 겹쳐 신고, 면장갑도 두 개를 겹쳐 끼고, 땀에 젖은 옷을 벗고 갈아입을 여벌의 옷도 필요했다.

두 차례 밤샘 삼천 배를 하고 나자 오히려 오십견이 발병했다. 그래서 하 교수는 지난 일 년 동안 삼천 배에서 벗어나 낚시를 다닐 수 있었는데, 다시 삼천 배 타령이 시작된 것이다.

"삼천 배가 고혈압에 좋지 않대."

"왜? 누가 그런 소릴 해요?"

하 교수는 인상을 쓰며 아이들처럼 투정을 부렸다.

"이마에 핏대를 세우며 죽어라 절을 해대니 혈관이나 심장에 무리가 오지 않겠어."

만만찮은 아내가 말했다.

"그럼 달리기 선수는 다 고혈압으로 죽게? 걱정 말아요, 몸 좋아지면 좋아지지 탈나진 않으니까."

"그러나마나 내 고혈압은 삼천 배로 치료할 수 있는 병이 아니야. 밤새 그 이상한 아저씨 트림 소리 들으며 절하는 건 생각만 해도 고역이야."

"그럼 이번에 자리를 바꿔요. 그럼 됐죠?"

하 교수는 자신의 울화가 아내의 삼천 배 타령이나 자신의 건강 문제 때문이 아니라는 사실을 잘 알았다. 지금도 정신병원에서 창밖을 내다보고 있을 여자를 생각하면 화가 치솟다가도 어이가 없었다.

7

7

　하 교수 집안과 며느리 될 처녀의 집안이 처음으로 만나는 상견례 자리였다. 참석 인원은 예비 신랑 예비 신부 이외에 양가 부모와 형제자매뿐이니 전부 여덟 명이었다. 신랑 아버지란 입장에서 맞는 생경스런 환경에서 하 교수는 사람과 사람의 관계처럼 묘한 것은 없다는 생각에 빠져 있었다. 인사가 끝난 뒤 음식이 나오기 전이었다.

　"여보, 당신이 말씀 좀 하세요."

　아내의 말은 예비 신랑 쪽이 먼저 입을 떼야 한다는

뜻이었다. 좀 전 안사돈 될 부인의 말로는 바깥사돈 될 사람은 쉽게 입을 열지 않는다고 했다. 바깥사돈 될 사람은 양쪽 콧구멍이 크고 뻥 뚫려 있어 나폴레옹 장군이 좋아할 인상이었다.

"하시는 일은 잘 되시는지요?"

서울 외곽에 건물을 짓는 중이라기에 그에 대해 물었는데 종합건설사 사장님인 그는 다른 대답을 했다.

"아아 네, 교수님 칼럼은 잘 읽어보고 있습니다."

하 교수는 와인글라스에 담긴 물을 마셨다. 며느리 될 처녀는 예쁘고 영리한데 바깥사돈 될 사장님은 영락없이 기획부동산업자로 보였다. 음식을 든 젊은이 둘이 테이블 양쪽에 나타났다.

"부끄럽습니다. 그런 글을 다 읽으셨다니."

이런 어색한 시작을 통해 같은 침대에서 잠을 자고 아이를 낳고, 전혀 다른 식성을 가졌으면서 함께 밥을 해먹고, 상대방더러 이래라저래라 간섭하며 평생을 어울려 산다는 사실이 신기하기만 했다. 하 교수 자신과 아내는 편리를 위해 결혼한 셈이었다. 이국땅에서 연애를

하다 보니 한방에서 살게 됐고 부부로 사는 편이 낫다고
결정했다. 그래서 그에게 상견례라는 절차는 어색하고
힘들었다. 스물일곱 살짜리 회사원인 아들은 별다른 생
각이 없어 보였고 예비 신부도 마찬가지였다. 둘은 직장
일로 만난 비슷한 금융 계통 회사원으로 수입이 좋으니
결혼 생활이나 장래에 걱정이 있을 리 없었다. 그들의
동생인 이쪽 딸과 저쪽 아들은 얌전히 앉아 입을 다물고
있었다. 예쁘고 영리한 예비 신부가 자기 아버지에게 말
을 시켰다.

"아빠 낚시 좋아하시잖아요. 아버님도 낚시광이시라
는데."

어제만 해도 하 교수를 교수님이라 부르던 예비 신부
는 이젠 다 됐다는 뜻인지 그렇게 말했다. 바깥사돈 될
사람이 두터운 입술을 열어 빙그레 웃으며 이런 소릴 했다.

"저는 평생 아내보다도 장인 장모님을 더 가까운 사
람으로 여기고 살았어요."

선입견하곤 달리 남자는 그리 과묵하지 않았다.

"아내는 어떨 땐 이 사람이 남이로구나 하는 생각이

들어도 장인 장모님은 한 번도 남 같다는 생각이 들지 않았어요. 내 장인 장모는 이분들뿐이다, 하는 생각이 한 번도 변한 적 없었으니까요."

종합건설사 사장님은 사교성에 문제가 없었다.

"대홍 군 외가 어른들은 다들 잘 계신가요?"

대홍은 하 교수의 아들 이름이다. 그러니까 하 교수의 장인 장모님의 안부를 묻는 말이었다.

"두 분 다 돌아가셨지요. 우리 집사람이 막내딸이거든요"

하 교수의 대답을 아내가 거들었다.

"제가 큰오빠하고는 열두 살 차이고요, 바로 위 언니하고도 여섯 살 차이랍니다. 제가 아주 늦은 막내딸이죠. 친정 부모님은 두 분 다 돌아가신 지 여러 해 지났어요"

잠깐 낚시 얘기를 하다가 화제는 예비부부의 출산으로 이동했다. 예비 신랑에게 아이는 언제 몇이나 낳을 계획이냐고 장차 장인 될 사장님이 물었다. 아들은 예비 신부한테 미루고 예비 신부는 아직 계획이 없다고 대답했다.

"얼른 낳아라. 아인 얼른 낳아야지. 교수님도 그렇게

생각하시죠?"

고개를 끄덕이는 하 교수 내외에게 그는 또 이런 이야길 했다.

"요즘은 길을 가다가 배가 이렇게 부른 임신부가 유모차 끌고 가는 걸 보면 그렇게 이뻐 보입니다. 불러서 뭘 사 먹이고 싶어져요."

진정이라는 뜻으로 사장님은 하 교수 식구 넷을 둘러 봤다. 하 교수는 예비 바깥사돈의 이야기를 재미있게 들었다. 나이가 드니 예비군들이 귀여워 보인다는 말은 들어봤으나 임신부가 예뻐 보여 뭘 사 먹이고 싶다는 얘긴 첨이었다. 아들과 며느릿감 처녀를 번갈아 보면서 하 교수는 애들은 사랑이라지만 우리는 뭔가? 하는 생각에 빠졌다. 이젠 임신부의 부른 배를 보고 기뻐하는 늙은이가 되고 말았는가?

그로부터 몇 달이 지난 초겨울 어느 날이었다. 우연하게도 이전에 여자의 전화를 받았던 남해의 그 민박집에서 그때와 같은 시기에 그녀의 여동생이라는 여인의 전화를 받았다. 하 교수와 같은 대학의 노老 교수께서 거제와 남해 사이 한려해상국립공원에 널린 아름다운 섬 이름을 늘어놓고 있을 때였다. 낚시완 인연 없이 놀러 따라온 늙은이는 사량도, 하도, 추도, 두미도, 욕지도, 우도, 연화도, 용초도, 한산도, 라며 섬 이름을 줄줄이 읊고 있었다. 다른 이들은 열기 낚시채비로 한창 분주했다.

"아아 네, 제가 알아듣지 못했습니다."

평상에서 일어나 대문간으로 나서면서 하 교수는 자신을 소개하는 상대방의 인사를 얼른 알아듣지 못한 점을 사과했다. 상대방은 여자의 큰딸 이름을 대면서 다시 말했다.

"걔가 미국으로 돌아가면서 교수님 전화번홀 제게 알려줬어요. 그래서 이렇게 실례를 무릅쓰고……."

"아니, 괜찮습니다. 어디…… 환자는 많이 회복됐나요? 그동안 연락이 없어 궁금했습니다만."

"언니는 일주일 전에 성당에서 운영하는 요양 병원으로 옮겼어요. 좋은 환경이죠. 교외에 있어 공기도 좋구요."

여자의 여동생은 서울에서 그곳으로 가는 길을 설명하기 시작했다. 지하철이나 시외 노선버스로는 접근하기 쉽지 않은 곳이지만 지하철역이든 시외버스 정류장이든 택시와 셔틀버스가 늘 대기하고 있다고 말했다. 다음에는 승용차로 가는 방법을 설명했다.

"휴일엔 많이 밀려요. 평일엔 서울만 벗어나면 금방이죠. 남한강변도로에서 산속으로 조금만 들어오면 됩니다."

병원의 풍광을 자랑하더니 외벽이 붉은 벽돌로 되었다는 본관 건물에 대해 또 이야기했다. 지금 이 여자가 내게 짜증을 내는구나, 하고 하 교수는 짐작했다. 삼십 몇 년 전 자신을 중학교 영어 교사라고 비웃었다는 여자의 막내 동생이었다. 언니의 정신병에 대한 책임을 추궁하고 있는 듯한 그녀의 야릇한 말을 하 교수는 그냥 들어주기로 했다.

"우리 조카가 교수님한테 목 긴 스웨터 얘길 하던가요?"

어이없는 말이었으나 하 교수가 전혀 모르는 소리는 아니었다.

"빨강 스웨터 말입니다. 그 옷을 입고선 어떤 날인가 흔들의자를 사러 간다고 하다가는 또 어떤 날엔 어딘가 섬으로 간다고 나서지 않습니까. 작은딸은 못 알아봤지만 큰딸은 알아봤는데 이젠 그마저도 못 알아봐요. 동생도 못 알아보고 제 자식도 못 알아보고 남편도 알아보지 못하니 이 노릇을 어쩐대요? 이제 언니가 알아보는 사람이 하나도 없어요. 그러면서 교수님이 오시기만을 기다립니다. 그러면서 섬으로 간다, 등나무 흔들의자를 사러 간다고 하니 대체 어쩌자는 겁니까. 네, 교수님?"

중년 여인의 울음소리는 괴기스러웠다. 여인은 코맹맹이 소리로 조카가 미국으로 돌아가기 전에 흔들의자를 사 엄마가 앉도록 했다며 그 흔들의자 이야기를 했다. 하 교수는 멀리 바다에 뜬 작은 섬을 바라보며 인상을 썼다.

"교수님이 쓴 시에 대해 말하던가요, 조카가?"

정신병원에 입원해 있다기에 어떻게 지내는지 알려 달랬지 이런 당황스런 전화를 받게 될 줄은 몰랐다.

"어떤 교수 말인가요? 어떤 시를 말인가요?"

"하 교수님이 오래전에 쓰신 시 말입니다."

"네?"

울음을 그친 여인은 따지듯이 말했다.

118

"언니가 입원할 때 딱 한 권 집에서 들고 나온 책인데요, 영한 대역 시집이네요. 그 시집 뒤에 교수님이 쓰신 시가 있어요. 잊어버리셨나 봐요?"

무슨 소린지 영문을 알 수 없었다.

"펜으로 쓰신 글씹니다."

지금 자신이 그 시집을 들고 있다면서 여인은 시를 읽기 시작했다.

"누가 흔들의자를 만들었을까? 그 불안정 위에 사람을 올려두고자 한 사람은 누구인가? 내게 금빛 은빛으로 짠 하늘의 천이 있다면."

여인의 낭송은 계속됐다.

"밤과 낮과 어스름의 푸르고 은은하고 검은 천으로 짠."

흔들의자가 어쩌고 하는 대목은 모르겠으나 예이츠의 시를 하 교수가 쓴 시라고 읽고 있는 여인의 무지도 문제지만 그 소이를 알 수 없었다.

"그대 발밑에 깔아드리련만 가난한 나는 꿈밖에 없어, 내 꿈을 그대 발밑에 깔았습니다. 사뿐히 지나소서, 그대 밟는 것 내 꿈이오니."

낭송을 마친 여인은 가만히 있었다. 이 봐라, 당신이 내 언니에게 이렇게 사랑을 고백한 통에 지금 이 지경이 됐다, 하는 투로 느껴졌다. 침묵하는 상대방을 향해 하교수가 퉁명스럽게 말했다.

"그 시는 아일랜드 사람이 쓴 신데요?"

"네?"

"그 시는 예이츠라는 시인이 쓴 십니다. 글씨야 제가 썼는지 모르지만."

"이 아래 교수님 성함이 적혀 있어요."

"그래도 그 시는 제가 쓴 시가 아닙니다. 저는 뭐 시를 쓸 줄도 몰라요."

"그럼 이 시는 뭔데요?"

날카로운 목소리로 따지듯 묻는 여인에게 하 교수가 대꾸했다.

"그냥 적어됐나 보죠."

하 교수는 얼굴을 들어 하늘을 향해 인상을 썼다.

"가난한 나는 꿈밖에 없어서 뭐 어쩐다는 말 때문에 제가 쓴 시라고 생각하신 모양인데, 전 가난해도 시를 쓸 줄 모릅니다."

여자의 여동생은 대단한 여자였다. 자신의 실수를 감지한 듯 시와 시집에 대한 말은 접고 다시 흔들의자에 대해 말했다.

"우리 언니가 이 흔들의자에 종일 이러고 앉아 있네요. 병원에선 휴게실 복도에 이러고 있더니 지금은 여기 현관에 나와 이러니 어쩝니까, 교수님?"

여자는 문병 와달라는 청을 직접적으로 말하지는 않았다. 자존심인지 아니면 또 어떤 이유가 있는지 하 교수는 알 길이 없었다.

"잘 보살펴드리세요. 공기 좋은 곳으로 옮기셨다니 곧 좋아지시겠죠."

하 교수가 마지막 인사를 했다.

"연락해주셔서 감사합니다. 환자가 곧 완쾌하길 바래요."

저편은 대응하지 않았으나 하 교수는 기다리지 않고 핸드폰을 접었다. 전화를 끊고 나자 문득, 여자를 정신병원으로 보낸 남편 되는 사람은 지금 뭘 하는가? 하는 의문이 들었다. 그리고 여동생이든 남동생이든 왜 내가 여자의 정신병에 책임이 있다고 생각할까? 하는 궁금증도 떠올랐다. 어쨌든 아련한 연민을 짓밟아버릴 만큼 불쾌한 통화였다.

그 해 겨울이 지나고 돌아온 다음 해 어느 봄날이었다. 결혼한 뒤 처음 대학으로 찾아온 며느리와 교내 레스토랑에서 점심을 먹은 뒤 하 교수는 연구실로 돌아왔다. 주머니 속에서 붕붕거리는 핸드폰을 꺼냈더니 액정 화면에 낯선 전화번호가 떠 있었다. 상대방 남자는 조심스런 목소리로 자신의 신분을 밝혔다.

"교수님, 저는 압구정동 성당에서 봉직하고 있는 바오로 신부입니다."

신부님은 자신이 여자를 돌보게 된 전후 사정을 정갈하게 설명했다. 남한강 강변에 있는 그 요양원은 가톨릭 재단에서 운영하며 현재 열두 군데 성당에서 관여한다고 말한 다음, 여자가 자신의 성당 구역에 주소를 두고 있기 때문에 자신이 여자를 돌보게 됐다면서, 그래서 이렇게 전화하게 됐노라고 사정을 털어놓았다.

"그런데 제 용건이 말입니다."

신부님은 이야기를 되돌렸다.

"이분이 지금 정신병 치료를 받고 있는 중인데……."

누군가 신부님께 전화를 부탁했구나, 하고 하 교수는 지레짐작했다. 잠시 망설이던 젊은 신부님이 툭 털어놓는다는 듯이 말했다.

"이분이 교수님과 데이트하던 그날 이전과 이후를 전혀 기억하지 못하는 기억상실증을 앓고 있습니다."

하 교수는 잠깐 생각했다. 이게 뭔가? 왜 이러나? 하는 점검 상태에서 물었다.

"정신병 증상이 기억상실증이란 말인가요?"

"네, 교수님."

"이전에 따님은 그런 소릴 않던데?"

"기억상실증이 맞습니다. 이런 상태에서 온종일 교수님이 찾아오기만을 기다리고 있습니다."

신부님은 사정이 이러하니만치 한번 찾아오실 수 없느냐고 자신의 용건을 정중하게 밝혔다. 하 교수는 전혀 예기치 않은 여자의 병증에 공포를 느꼈다.

"기억상실증이라니 대체?"

"삼십사 년 전 교수님과 데이트하던 그 상태에서 기억이 멈췄습니다. 그밖에는 그 무엇도 기억하지 못하죠. 본인의 나이도, 남편이나 자제분도 전혀 알아보지 못하고 오직 교수님이 자신을 찾아오기만을 기다리고 계십니다."

신부님의 부탁은 간곡했으나 하 교수는 숨이 막히고 가슴이 아파 선뜻 응할 수 없었다.

"지금은 아무런 마음의 준비가 안 돼 있습니다. 좀 생각해 보죠."

통증으로 얼굴을 일그러뜨린 채 하 교수는 낮은 목소리로 중얼거렸다.

"생각해보겠습니다."

8

8

"어이쿠, 어이쿠!"

주택가 골목을 쓸며 단독주택 담벼락으로 치붙어 오르던 바람이 맞은편 주점으로 달려들어 출입문을 후려쳤다. 유리문이 우르르, 소리를 내질렀다.

"잠잠하더니 왜 또 이러죠?"

그 북새통에도 멀거니 창밖을 내다보기만 하는 노인을 곁눈질하며 제자가 말했다.

"오늘은 끝을 보겠다는 뜻인가 봅니다."

"응, 누가?"

모둠전 소쿠리를 들고 가는 노파를 피하느라 노인이 잠깐 휘청거렸다.

"왜?"

제자가 웃었다.

"교수님의 사치한 로맨스 때문인가 봐요. 또 바람이 부네요. 비도 줄줄 그치질 않고……."

모둠전을 다시 데우느라 노파가 왔다 갔다 하는 좁은 주방 쪽을 바라보면서 노인이 질문했다.

"비 오는 날 국수를 삶고 전을 지져 먹는 덴 무슨 이유가 있다지?"

제자의 대답을 기다리지 않고 노인이 아는 체했다.

"소리 때문이라던가? 입술로 국수 가닥을 빨아 당기는 소리가 있잖아. 전을 지질 때도 자작자작, 자작자작, 자작나무 껍질 타는 소리가 나지 않는가. 그 소리가 빗소리와 잘 어울린다는 그런 얘길 거야."

제자가 말했다.

"국수나 부침개 같은 밀가루 음식은 본래 소서小暑에 만들어 먹었지요. 그 무렵에는 장마전선이 중부지방에 오래 머물러 습도가 높고 비가 많은데, 사람들은 스트레스가 심해지고 당분을 필요로 해요. 양력 칠월 초순경입니다."

"소설가라 이것저것 알아야 하는 게 많아 골치 아프겠어."

"그땐 이런저런 채소가 흔하고 밀과 보리를 수확합니다."

"그런 쪽 말고 비 말이야. 비 오는 날 왜 전을 부치고 국수를 먹느냐는 말이지. 전을 구울 때 지글거리는 소리가 빗소리 비슷하기 때문이라는 말이 있잖아. 게다가 비 오는 날에는 저기압 영향으로 음식물 굽는 기름 냄새가 멀리 퍼져나가기 때문에 다들 그 냄새에 동한다는 거야."

"비가 오면 짜증이 나고 혈당치가 내려가지요. 혈당치 올려주는 음식이 밀가루 음식입니다."

"좀 시적으로 이야기하세. 비가 오면 일이 없어 집에서 빈둥거리니 심심풀이로 전을 부치고 국수를 삶아 먹는다고 하지 왜 그렇게 과학적인가? 호박이나 파를 잔뜩 썰어 넣은 전이나 국수야말로 시적이잖아. 그걸 왜 건강보조식품처럼 설명을 하나? 소설은 예술이 아닌가.

때론 오오, 하는 감탄사나 죽네, 사네, 미치네, 하는 격정의 표현이 훨씬 예술적이야. 그런 모호함이 한결 인간적이지 않은가."

두 사람은 소주 한 병을 더 시키고 술도 한 잔씩 비웠다. 노파는 다시 데운 전과 따뜻한 국물 두 사발을 내왔다.

"이번에는 그 전투 이야기 차례야."

국물을 떠먹은 뒤 숟가락을 코앞에서 흔들며 노인이 명령했다.

"자네 차례일세."

"교수님 이야기의 결론은 피날레로 남겨두시는군요."

"아직 시간이 있잖아. 자네 전투 이야기 다 듣고 내 이야기를 끝내겠네. 그게 오늘 프로그램 순서야. 어서 해. 한 잔 더 하고 할 텐가? 그래? 그럼 어서 해봐."

그래서 제자는 이탈리아 중부 토스카나 지방의 중심 도시인 피렌체에 대해 설명하기 시작했다.

"피렌체는 '꽃이 만발한 도시'라는 뜻입니다. 멋지죠? 그런데 그 도시가 위도 44도에 위치해 있어요. 우리나라라면 두만강 인근인데, 아마 알프스산맥 때문에 그다지

춥지 않은 모양입니다. 내륙지역이고 구릉지가 많아 갖가지 꽃이 아름답고 품질 좋은 와인 생산지로도 유명합니다. 피렌체가 번성한 이유가 양모직물업 덕분이라니 춘하추동이 분명한 기후가 지역 발전에 한몫한 셈이죠? 그 피렌체를 르네상스 중심 도시로 이끈 메디치 가문의 선조가 금융업으로 부를 이룰 수 있었던 기반이 바로 모직물 수출이었습니다."

노인은 뚱한 표정을 지었다. 웬 지리 강의인가 하는 반응에 제자는 속도를 냈다.

"여하튼 그 도시에 팔라초 베키오라는 건물이 있습니다. '오래된 궁전'이란 뜻인데요, 십삼 세기 초 건립해 몇 번의 보수를 거쳐 지금은 피렌체 시청사로 사용하고 있습니다."

노인이 끼어들었다.

"그 바로 옆에 우피치 미술관이 있잖아. 거긴 가봤는데 그 시청사엔 들어가 보지 못했네. 삼십 년도 더 된 일이니까 그땐 아니었는지도 모르지."

"아, 그러세요?"

"응, 우리 집사람하고 갔었네. 그건 그렇고 자네 얘기나 계속해."

"네, 그 팔라초 베키오 대회의실을 '친퀘첸토'라 하는데, 우리는 보통 '오백인의 방'이라고 부릅니다. '친퀘첸토'가 이탈리아어 말로 '500'이란 뜻이거든요. 십육 세기 중반 코시모 1세 시절 오백 인으로 구성된 위원회 회의실로 이용한 이후 그런 별명으로 불리고 있습니다. 현재 그 방 양쪽 벽에는 조르조 바사리가 그린 여섯 개의 벽화가 자리하고 있는데, 그중 동쪽 벽 오른쪽에 자리한 「마르치아노 전투」라는 벽화 뒤편에 오백 년 동안 전설로 전해오던 레오나르도 다빈치의 벽화 「앙기아리 전투」가 숨겨져 있다는 이야깁니다."

"벽화 뒤에 또 벽화가 있다는 말이로구먼."

"그렇죠. 지금 볼 수 있는 「마르치아노 전투」 한쪽에 그려진 전투병이 든 작은 초록색 깃발에서 조그만 글자의 이탈리아어 문장이 발견됐거든요. 체르카 트로바(Cerca Trova), '찾으라, 그러면 발견할 것이다'라는 문굽니다. 르네상스 시대 최고 명작이랄 수 있는 레오나르도의 초대형 벽화 「앙기아리 전투」를 찾아다닌 사람은 미국 샌디에이고 캘리포니아공대 마우리치오 세라치니 교숩니다. 1975년부터 탐사를 시작해 2012년 마침내 「마르치아노 전투」뒤편에서 「앙기아리 전투」의 흔적을 찾아냅니다."

"그 사람은 어떻게 그런 비밀을 알았대? 그 글자를 찾아낸 사람도 그 사람인가?"

"네, 세라치니 교수가 찾았습니다. 친퀘첸토는 바닥에서 천장까지 높이가 10미터가 넘습니다. 더군다나 그 글자는 벽화 윗부분에 있어 천장에 닿을 정도의 높이거든요. 설치물에 올라서서 세밀히 관찰하지 않으면 알아볼 수 없죠. 이러한 상황이야말로 바사리가 언젠가 「앙기아리 전투」를 찾기 위해 자신의 그림을 살펴볼 누군가를 위해 암시해둔 메시지라고 확신한 겁니다. 세라치니 교수는 피렌체 출신으로 미술사가 아니라 생명공학이 전공입니다. 미술 작품의 안료 성분을 화학적으로 분석해 르네상스 시대 명화를 판독해내는 전문간데, 사십 년 전 레오나르도 다빈치 연구로 유명한 은사로부터 레오나르도의 잃어버린 명작의 미스터리에 대해 기술적으로 접근할 방법이 없을까라는 질문을 받았다고 합니다."

"이보게, 내가 말을 끊어 미안한데……."

노인은 한 차례 헛기침을 했다.

"레오나르도 다빈치가 나오고…… 또 그 배경이 피렌체가 아닌가? 마키아벨리도 바로 그 시대 그곳에서 살지 않았나."

"그럼요, 니콜로 마키아벨리는 이 이야기의 중요한 등장인물입니다. 레오나르도한테「앙기아리 전투」를 벽화로 그려달라고 요청한 사람이 바로 당시 피렌체 시민공화정 제2서기관이었던 마키아벨리였습니다."

제자는 본론에서 벗어난 이야기를 한두 가지 더 하기로 했다.

"서른다섯 살 먹은 매월당 김시습이 경주 남산에서『금오신화』를 쓰고 있을 때 피렌체에선 마키아벨리가 태어났어요. 그때 보티첼리는 스물다섯 살이었고 레오나르도는 열여덟 살로 두 사람은 안드레아 델 베로키오의 작업실에서 만났습니다. 미켈란젤로와 라파엘로는 아직 태어나지도 않았죠. 또 하나 재미있는 이야기는 보티첼리와 레오나르도가 동업으로 술집을 차렸다는 사실입니다. 어떻습니까?"

"그래? 재밌네."

"김시습은『금오신화』를 탈고한 뒤 한양으로 올라옵니다. 그해 피렌체에선 보티첼리와 레오나르도가 피렌체 화가조합 가입을 허가받았습니다. 보티첼리가 스물일곱, 레오나르도가 스무 살이었어요. 한양으로 올라온 김시습은 수락산에서 머릴 깎고 십 년간 승려 생활을 했는데, 그 시기에 아까 말한 대로 두 사람은 아르노강 다리 위에서 술집을 하다가 말아먹은 겁니다. 지금은 그 다리를 베키오 다리라 부릅니다만 그땐 어떻게 불렀는지 모르겠어요. 지은 지 백삼십 년이 지났으니 그때도 '옛날 다리'라고 불렀을지 모르죠. 여하튼 둘은 죽이 잘 맞았습니다. 오만한 레오나르도가 보티첼리에게 호감을 가졌던 이유는 회화 실력보다는 그의 성격 때문이었다고 해요. 보티첼리는 비범한 두뇌를 가졌고 재기가 넘쳤으며 무엇보다 화가라는 자신의 직업에 대한 신념과 자존심이 지나칠 정도로 강했어요. 그러니 레오나르도가 따를 만하죠?"

노인이 권하는 술을 서둘러 마신 제자는 술병을 든 채 이야기를 이었다.

"레오나르도의 호기심과 탐구심은 널리 알려져 있지만 보티첼리도 그에 못지않았어요. 잠깐……."

취기가 오른 제자의 이야기는 다시 다른 방향으로 가지를 뻗었다.

"레오나르도 다빈치의 성이 '빈치'라는 고향 마을 이름에서 따왔듯이 산드로 보티첼리라는 이름도 웃겨요. 산드로는 세례명이지만 보티첼리는 '작은 술통'이란 뜻인데 자기 형의 별명을 예명으로 썼다는군요. 좀…… 이상한 사람이죠? 어쨌든 보티첼리는 요리에도 관심이 많아 술집 주방에서 용돈을 벌던 레오나르도와 함께 자신의 솜씨를 자랑하고자 했습니다. 레오나르도가 일하던 술집의 본래 이름은 '세 마리 달팽이'였다는데, 먼저 그 술집을 인수한 사람은 레오나르도였습니다. 그 뒤 두 사람은 술집 이름을 '산드로와 레오나르도의 세 마리 개구리 깃발'이라고 바꾸고 영업을 시작했어요. 스승인 베로 키오는 욕을 해대면서 돈을 빌려주지 않았습니다. 인테리어를 제대로 할 수 없자 두 사람은 스승의 작업장에서 그림 몇 점을 훔쳐 와 술집 벽에 걸고 간판은 직접 그렸습니다. 레오나르도가 앞면을 그리고 보티첼리가 뒷면을 그렸답니다. 그렇게 호기롭게 시작했지만 제대로 될 리가 있겠어요? 두 사람이 내놓은 안주란 야채를 위주로 한 담백하고 깔끔한 음식이었는데, 그런 소박한 음식을 안주로 여길 술꾼이 어디 있겠어요. 예를 들면 커다란 접시에 안초비 한 마리와 당근 네 토막을 여러 가지 야채 위에 색감 좋게 늘어놓는 식이었어요. 욕을 하며 떠난 술꾼들은 다시 돌아오지 않았고, 빚 독촉에 견디지 못한 둘은 결국 술집 문을 닫고 맙니다."

"재밌구먼. 난 두 사람이 같은 동네에 살았다는 사실만 해도 놀랍네."

"그 시대 피렌체야말로 르네상스가 절정을 이룬 곳이었습니다. 신플라톤 철학이 신플라톤 신학으로 연결돼 번성했고, 근대 민주주의와 근대 자본주의가 시작됐고,

지롤라모 사보나롤라라는 수도승이 나타나 종교개혁의 싹을 틔웠고, 그리고 무엇보다 레오나르도와 미켈란젤로라는 당대의 천재가 같은 공간에서 그림 실력으로 대결을 벌였습니다. 그때 레오나르도가 그린 벽화가 바로 「앙기아리 전투」입니다."

"단테와 보카치오…… 그 양반들도 그 동네 출신 아닌가?"

"아아, 네. 그리고 시인인 프란체스코 페트라르카도 있죠. 그 사람하고 소설가 조반니 보카치오는 절친 사이였는데 페트라르카가 아홉 살 더 많았습니다. 단테 알리기에리는 그보다 오십 년 이상 연장자구요. 이들로부터 백오십 년 이상 시간적 간격이 있는 레오나르도나 미켈란젤로의 시대는 그야말로 르네상스의 절정기였어요. 르네상스를 시작한 단테와 그 마지막을 장식한 미켈란젤로의 출생년도는 정확히 이백십 년 차입니다."

제자는 이 대목만 끝내고 말아야겠다고 생각했으나 자신의 요설을 통제하지 못했다. 피렌체라는 곳과 르네상스라는 사건이 결코 간단한 이야깃거리가 아니었다.

"피렌체 시가지를 가로지르는 아르노강에는 단테와 베아트리체가 만났다는 석조 다리가 있습니다. 그 다리에서 그날 단테가 베아트리체를 만나지 않았더라면 어쩌면 르네상스의 시작이 좀 더 미루어졌을지도 모른다는 생각이 듭니다. 단테의 『새로운 인생』도 『신곡』도 그 만남의 결과니만치 그 순간이 없었다면 보카치오의 『데카메론』은 탄생하지 못했을 테고, 어쩌면 페트라르카의 『칸초니에레』도 세상에 나타나기 어려웠을지 몰라요. 교수님, 이 모든 혁명을 가능케 한 위대한 사건이 바로 사랑이며 실연이었다는 사실이 재밌지 않습니까? 봄의 축제가 한창이던 어느 날 단테는 아버지를 따라 방문한 귀족의 저택에서 베아트리체를 처음 만났어요. 단테는 아홉 살이고 베아트리체는 여덟 살이었지요. 첫눈에 반했습니다만 단테는 명문가의 딸인 베아트리체와 결혼할 처지가 아니었어요. 단테는 귀족 출신이긴 하지만 신분이 낮았고 아버지는 대부업자였어요. 그래서 그에 적당한 가문의 딸과 열두 살 때 약혼을 했어요. 산타 트리니타 다리 끝에서 베아트리체를 만났을 때 그는 열여덟

살로 이미 약혼한 몸이었는데도 여전히 그녀를 사랑하고 있었지요. 하지만 자신의 사랑을 고백하지 못했습니다."

노인이 빙그레 웃었다. 누구나 한 번쯤 겪을 만한 일이야, 하는 뜻이었다. 취기가 오른 제자에 비해 노인은 말짱했다.

"단테는 삼 년 뒤 스물한 살에 결혼하고, 베아트리체는 그다음 해 은행가 가문의 청년과 결혼했습니다. 그런데 그녀는 스물네 살에 요절하고 말아요. 베아트리체가 죽은 지 오 년 뒤에 『새로운 인생』이라는 단테의 연애 시집이 세상에 나왔어요. 르네상스는 그렇게 한 남자와 한 여자의 사랑 이야기에서 비롯됐습니다. 만약 단테가 베아트리체와 결혼했더라면? 그래서 짝사랑과 실연이란 쓰디쓴 인생의 참맛을 알지 못했더라면? 그랬다면 과연 그런 시가 탄생할 수 있었을까요? 내가 누구인가? 나는 왜 불행한가? 나는 행복할 수 없는가? 하는 개인적 질문에 몰입할 수 있었을까요? 그 중세의 시절에 말입니다."

노인은 제자의 현학이 술기운 탓이라고 여겨 안주를

권했다.

"그렇구먼. 뭐 하나 들게."

제자는 안주에 관심이 없었다. 어서 「앙기아리 전투」
로 접어들어야 하는데 이야기는 갈피를 잡을 수 없게 흐
트러지고 말았다.

"어떠세요? 재밌습니까?"

"그래, 재밌네. 그런데 자네는 언제 거길 갔다 왔나?
피렌체에 말일세."

"오래됐습니다. 세라치니 교수가 「앙기아리 전투」의
존재를 확인하기 위해 「마르치아노 전투」에 구멍을 뚫
기 전이었어요. 그때 그런 사실을 알았다면 기어이 펠라
초 베키오에 들어가봤을 텐데 우리는 거길 가지 못했어
요. 같이 간 사람들이 다 건축에 관계된 분들이라 브루
넬레스키에 집중해 두오모에서만 시간을 보내다가 우
피치에 잠깐 들렀어요. 거기서 나오니 팔라초 베키오는
폐관 시간이었죠. 그 전날부터 이틀 밤을 진탕 와인을
마시고 다음 날 정신없이 리옹으로 떠났으니 피렌체라
면 브루넬레스키와 와인밖에 생각나지 않습니다."

"언제 나하고 다시 한 번 가보세."

"네, 그러시죠."

"나는 더 늙기 전에 단테가 베아트리체와 마주쳤던 그 다리 끝에 한번 서봐야겠어. 이전에는 젊은 시절 아내하고 같이 갔으니 두오모에서 시간을 다 보냈거든. 다음 언젠가 다시 가거든 그 다리 끝에 서서 생각을 하고 싶네. 사랑과 인생에 대해서 말이야. 단테는 실연의 고통으로 죽네 사네 로맨스 시집을 썼다지만, 그 사랑의 대상이었던 베아트리체는 누군가 자신을 그렇게 사모하고 있다는 사실도 모르고 일찍 죽고 말았잖아? …… 엉? 그러니 그 얼마나 사치한 인생이란 말인가?"

"그렇군요."

"…… 다 가여워. 응? …… 다 가엾지 않은가?"

제자는 바보같이 입을 벌리고 웃었다.

"그래서 단테는 더 뜨겁게 사랑해야 한다고 시에 적어놨습니다. 삶이 언제 어디서 어떻게 끝날지 모르니 더 열렬히 사랑하라고 말입니다."

주름진 손등을 헐겁게 쳐든 노인이 그래, 그래, 하듯

이 손을 흔들었다. 어서 전투 이야기로 넘어가자는 손짓
이었다.

9

9

1505년 유월 어느 날이었다. 서른여섯 살의 마키아벨리는 팔 년째 피렌체공화국 제2서기국 서기관으로 봉직하고 있었다. 최근 그는 여러 가지로 분주하고 혼란스러웠다. 피사의 상황도 좋지 않은 데다 그가 관장하는 시민군 창설 또한 속도가 붙질 않았다. 게다가 방금 전 로마에서 달려온 전령이 전한 체사레 보르자의 소식은 머리를 복잡하게 했다. 에스파냐의 시골 도시 친치야의 요새에 감금돼 있던 체사레가 탈출했다는 정보는 탈출 과정이나 이후의 행선지를 알 수 없는 미흡하고 모호한 것이었다.

정청政廳 이 층에 있는 자신의 집무실을 나선 마키아벨리는 정문을 지나 시뇨리아 광장으로 나왔다. 한 해 전 그곳에 설치한 다비드 대리석상을 뒤로하고 광장 끄트머리에 멈춰 섰다. 그때 코피가 터졌다. 모자를 벗어 들며 얼굴을 쳐들었으나 뜨거운 느낌은 목덜미로 길게 흘러내렸다. 손수건으로 코를 감싼 채 고개를 숙이고 얼른 한쪽 무릎을 꿇었다. 그러자 포석 위로 주르륵 코피가 떨어져 내렸다. 재작년 가을 로마 교황청에서 세 번째로 체사레를 만난 뒤 수시로 터지는 이상한 코피였다. 그때 체사레는 정치적 입장이나 몸 상태가 다 좋지 않았고, 그의 아버지인 교황 알렉산드르 6세가 말라리아로 사망한 뒤 그와 적대적인 율리오 2세가 새로운 교황으로 선출된 직후였다. 그러나 체사레는 토스카나를 평정하고 이탈리아를 통일하겠다는 야심을 버리지 않고 있었으며, 마키아벨리는 그를 상대하기 위해 급파된 교황청 주재 임시 대사였다. 별 소득 없는 면담을 마치고 체사레의 방을 나와 회랑을 지나는 중에 코피가 터지더니 이후 잊을 만하면 이 꼴을 했다. 죽은피는 땅으로 떨어뜨리는 편이 옳아, 하고 마키아벨리는 생각했다. 어쩌면 체사레의 저주인지도 몰라, 아니면 그의 운명을 주관하는 마녀가 내게 보내는 기별이겠지, 하고 떨어져 내리는 선홍의 피를 끝까지 지켜보았다.

코피가 멎은 뒤 옷깃에 묻은 피를 닦고 있을 때 광장 한가운데 세 사람이 나타났다. 커다란 베레모를 쓰고 헐렁한 삼베옷을 폭 넓은 허리끈으로 졸라맨 레오나르도 다빈치와 조수 둘이었다. 레오나르도는 허리끈에 끼운 작은 수첩 외에도 커다란 수첩을 손에 들었고, 조수 둘은 각자 염료 상자와 길쭉한 가죽 두루마리를 옆구리에 끼고 있었다.

레오나르도는 멀리서부터 공복公服인 감청색 튜닉 차림의 마키아벨리를 알아보았으나 눈만 마주치며 정청으로 직행했다. 삼 년 전 이몰다에 있던 체사레의 대저택에서 첫 대면한 이후 피렌체로 돌아와 막역한 사이가 된 두 사람은 여러모로 통하는 면이 있었다. 지금 레오나르도가 살가운 인사를 하지 않은 이유는 마키아벨리

때문이 아니라 그 뒤에 선 다비드 상이 못마땅한 탓이었다. 어제는 그 자리에서 미켈란젤로를 만났는데, 그 꼬마 녀석은 자신의 대리석상을 쳐다보느라 레오나르도를 알아보지도 못했다. 알고서도 모른 체했는지 자신의 작품에 넋을 잃어 누가 지나가는지도 몰랐는지는 알 수 없는 일이지만 이쪽에서 먼저 인사할 처지는 아니었다. 유쾌한 성격에 농담을 즐기는 레오나르도도 본데없이 오만한 데다가 지나치게 꼬부라진 정丁만 한 조각가 꼬마에겐 우스갯소리나마 건넬 기분이 일지 않았다. 1452년생인 레오나르도는 쉰셋이고 1475년생인 미켈란젤로는 그보다 스물세 살 연하인 서른 살이었다.

레오나르도와 미켈란젤로의 불편한 관계는 그 이유가 한두 가지가 아니었다. 우선은 작년 봄 소집됐던 다비드 상 설치 위원회에서 레오나르도와 보티첼리는 그 조각 작품을 정청 앞 건물의 회랑에 설치하자는 의견을 냈고, 당사자인 미켈란젤로는 광장이 바라보이는 정청 입구 노천에 전시하기를 고집했다. 그 자리엔 이미 도나텔로의 청동상 「유디트와 홀로페르네스」가 서 있으니 미켈란젤로의 요구는 선배인 도나텔로를 무시하는 처사였다. 하지만 그는 자기주장을 굽히지 않았다. 그럼 그렇게 해라, 비를 맞든 새똥을 맞든 맘대로 해라, 하고 양보한 뒤에도 레오나르도의 상한 기분은 회복되지 않았다. 반대로 미켈란젤로는 자신의 다비드 상을 회화 작품처럼 취급하고, 조각을 회화보다 못하게 여기는 잘난 선배에게 불만이 많았다.

"평면에 세상을 담으려는 회화는 사람의 눈을 속이는 유치한 수작에 불과해. 실제처럼 입면으로 존재하는 조각하곤 비교할 수 없지."

조각가라는 자신의 본분에 지나칠 정도로 자부심 강한 미켈란젤로는 레오나르도를 향해 오만한 욕설을 터뜨렸다.

"회화가 조각보다 고귀하다고 생각하고 사물을 대할 때도 그 정도 수준에서 이해한다면, 그런 사람은 우리 집 하녀만도 못해."

그에 대해 레오나르도 역시 웃고만 있지 않았다.

"조각가란 녀석들은 머리에 빵가루를 잔뜩 뒤집어쓴

제빵사 꼴로 거리를 활보하고 침대에서도 장화를 벗지 않고 잠잔다잖아."

평소 제대로 씻지 않고 대리석 가루 잔뜩 묻은 옷을 입은 채 나다니는 미켈란젤로에 대한 욕설이었다. 그러면서 판에 박힌 그의 생각까지 비난했다.

"저 녀석은 리카르디에서 뭔가 이런저런 편견을 공부했다지? 어리석은 놈!"

그런 두 사람이 지금 이곳 정청 2층 대회의실에서 회화로 맞붙은 것이다. 마키아벨리는 사무실로 돌아가는 대신 벽화 작업을 구경하기 위해 레오나르도 일행을 뒤따랐다. 그림 구경으로 머리를 식힐 작정이기도 했지만, 그보다는 체사레에 대해 뭔가 한마디 이야기를 나눌 사람이라곤 레오나르도뿐이기 때문이었다.

대회의실은 길이 53미터에 폭 22미터, 높이 10미터에 이르는 웅장한 공간으로 레오나르도는 동쪽 벽면에「앙기아리 전투」를 그리는 중이고, 서쪽 벽면은「카시나 전투」를 그리는 미켈란젤로의 영역이었다. 공화국 정부에서 그들에게 벽화를 주문한 시기는 이미 두 해 전으로,

새로 선출된 시민 대표의 회의 장소를 그곳으로 정한 뒤였다. 오랜 메디치 가문의 지배를 물리치고 금욕주의 수도사 사보나롤라를 처형한 뒤 조직된 시민 대표로선 대회의실 벽면을 의미 있는 벽화로 장식해야 할 이유가 있었다. 그래서 공화국 정부와 상의해 마주 보는 대회의실 벽면에 가로 17미터 세로 7미터의 공간을 마련한 뒤 공화국 군대가 승리한 두 가지 전투를 그리도록 이 지역 출신 미술가 두 사람을 불렀다. 그들은 마침 피렌체에 있었다. 레오나르도는 십팔 년간의 밀라노 생활을 청산하고 피렌체로 돌아온 지 삼 년째였으며, 미켈란젤로는 로마에서 돌아온 다음 해였다. 밀라노에서 「최후의 만찬」과 「암굴의 성모」로 거장의 칭호를 얻은 레오나르도 못지않게 미켈란젤로 또한 짧은 로마 체류 기간 「피에타」로 천재성을 입증했고 피렌체로 돌아와 한창 「다비드」를 작업하는 중이었다.

벽화 작업이 진행되고 있는 대회의실은 어수선하기 이를 데 없었다. 정신없이 돌아치는 일꾼들 때문에 마키아벨리는 레오나르도 곁으로 다가서지도 못했다. 레오나르도가 도착하기 전에 작업 준비를 끝내려던 일꾼들은 비계와 모래 자루와 커다란 촛대를 이리저리 옮기느라 분주했고 레오나르도와 조수 둘도 곧 일을 시작했다. 레오나르도의 요란하고 얄궂은 작업 시설 맞은편 벽 또한 정상이 아니었다. 그쪽엔 미켈란젤로가 자신의 드로잉을 벽에 걸면서 그 앞에 시설한 휘장이 드리워져 있었다. 미켈란젤로가 드로잉을 마친 지는 한 달이 지나지 않았고, 레오나르도도 며칠 전에야 채색 작업을 시작했으니 계약한 지 이태가 지난 지금까지 두 사람의 작업 속도는 느리다 못해 지지부진했다.

그나마 작업이 진행되는 쪽은 「앙기아리 전투」였다. 그 아래에서 아코디언처럼 접었다 폈다 하는 비계를 옮기느라 일꾼들이 움직이고 있었다. 벽화를 주문하고 급료를 정하면서 정부의 담당자는 프레스코화로 올해 2월까지 끝내달라고 기한을 정했으나, 레오나르도는 두 달 전에야 밑그림을 완성해 이제 채색 작업에 들어갔다. 게다가 프레스코화가 아닌 템페라화를 고집해 작업은 속도를 내기 어려웠다. 회벽이 마르기 전에 그림을 완성해야 하는 프레스코화는 그림을 수정할 수 없으니 완벽주의자인 레오나르도로선 성미에 맞지 않는 방식이었다. 그는 어떤 경우에도 새로움을 좋아했고 남들과 다른 방법과 다른 재료를 원했다. 이번에도 그는 「최후의 만찬」에 이어 다시 템페라 기법을 선택했다. 하지만 템페라 유성물감은 쉽게 마르지 않아 촛불로 수분을 증발시키며 채색을 진행해야 하므로 언제 벽화가 완성될지 묘연한 일이었다.

피 묻은 손수건을 구겨 들고 대회의실 한가운데 선 마키아벨리는 체사레에 관한 걱정은 잊은 채 「앙기아리 전투」에 넋을 빼앗겼다. 거장의 실력은 밑그림 상태로도 환상적이었다. 벽면 가득한 전투 장면 중에서도 오른쪽에 위치한 군기 뺏기 장면은 기병 넷과 말 네 마리가 뒤엉킨 극적인 상황이었다. 적군의 군기를 빼앗기 위해 달려든 피렌체 기병과 상대방인 밀라노 기병은 피아를 분간하기 어려운 상태에서 칼을 휘두르고 갈퀴손을 뻗으며 포효하고 있었다. 고함치는 병사의 얼굴과 그들이 올라탄 말의 일그러진 근육을 통해 전투의 치열함이 그대로 드러났다. 아군의 말과 적군의 말이 가슴을 들이받은 채 이를 드러내 보이고, 한쪽 다리로는 땅을 뻗딛고 반대편 다리는 땅을 박차며 밀려나지 않으려 힘을 다하는 긴박한 순간이었다. 그 말 등에 올라탄 병사는 살의와 분노가 가득한 얼굴로 적을 향해 돌진했다. 하지만 이러한 장면은 마키아벨리가 원하던 바가 아니었다. 레오나르도에게「앙기아리 전투」를 청탁하면서 그는 호전적인 전투 장면을 목적으로 하지 않는다는 점을 명확히 했다.

앙기아리 전투는 1440년 6월 29일, 피렌체 동북지역 보르고 산세폴크로 근처 앙기아리 평원에서 벌어진 피렌체공화국을 중심으로 한 이탈리아 동맹군과 밀라노공국 간의 전투였다. 피렌체공화국의 용병은 교황령 연합군과 베네치아공화국 용병과 연합해 밀라노공국의 군대와 맞붙었다. 결과적으로 피렌체공화국은 토스카나 지역을 공략하던 밀라노공국의 군대를 물리쳐 지중해의 패권을 장악하는 계기를 마련했다. 피렌체의 용병은 사십 개의 기병대대와 2천 명의 보병과 포병을 동원

하긴 했으나 적군인 밀라노 군대에 비하면 수적 열세였다. 피렌체와 동맹관계인 교황령 연합군이나 베네치아의 용병 또한 보잘것없는 전력이었다. 그러나 피렌체 용병은 실수로 낙마한 단 한 명의 사상자를 내면서 승리했으니 운이 좋았다고 할 수밖에 없었다. 그런 우스꽝스런 승리 탓에 이후 주변 국가는 피렌체 용병의 전력을 형편없이 평가했고 전쟁이 되풀이됐다. 막대한 급료를 주고 고용한 용병의 허약한 전투력이 공화국의 안보를 위협하는 빌미가 된 셈이었다. 급료와 연관된 용병의 전투력은 어쩔 수 없는 한계를 가지고 있었다. 죽으면 돈을 벌 수 없으니 그들은 적진 앞에서도 말을 타고 시위나 할 뿐 전투에 뛰어들기를 주저했고, 용병대장은 전쟁을 끝내기보다는 급료 타령을 하며 시간을 끌기 일쑤였다.

육십 년이 지난 지금도 용병의 미흡한 전투력이 불러오는 갖가지 문제는 여전히 존재했으며 시민공화국이 출범했을 때의 상황은 한결 심각했다. 피렌체의 유일한 수출항인 피사에서 반란이 일어났고, 교황의 아들인 체사레는 이런저런 핑계로 피렌체를 포함한 토스카나 지방을 유린했다. 공화국 정부가 반란군에 점령당한 피사를 탈환하기 위해 고용한 용병대장의 급료는 칠만 피렌체 금화에 달했는데, 이 전쟁 재원을 조달하기 위해 발행한 공채는 많은 문제를 안고 있었다. 넉넉한 공채 이자를 챙길 수 있는 부자들로선 재산 증식 기회였지만 고리대금업자에게 돈을 빌려 공채를 구매해야 하는 서민은 전쟁이 지속될수록 가난해졌다. 공채 이자보다 고리대금 이자가 월등하게 높은 탓이었다. 이에 외교와 안보 담당관인 마키아벨리는 용병제 대신 시민군 창설을 주장했다.

하지만 기득권자인 부자들은 군사적 독재자가 탄생할 위험이 있는 시민군보다는 돈으로 다룰 수 있는 용병을 옹호했다. 그런 상황에서 진행된 벽화 제작에서 기득권자의 대표랄 수 있는 공화국 정부의 행정 수반 피에르 소데리니가 선수를 쳤다. 그는 미켈란젤로에게 용병의 활약으로 피렌체공화국이 피사공화국을 무찌른 「카시나 전투」를 서쪽 벽면에 그려줄 것을 요청했다. 그에 맞선 마키아벨리는 대외적으로는 수시로 발생하는 전쟁의 이유가 되고, 대내적으로는 국고를 축내는 허약한 용병의 허구성을 벽화를 통해 드러내고자 했다. 그래서 용병의 졸렬한 전투력으로 웃음거리가 된 「앙기아리 전투」를 대회의실 동쪽 벽에 그려달라고 레오나르도에게 요청했던 것이다.

하지만 레오나르도는 피렌체가 승리한 전투 장면을 그리면서 아군의 무기력한 면을 강조한다는 사실은 이치에 맞지 않는다고 생각했다. 마키아벨리의 뜻은 이해하지만 레오나르도로선 승리의 장면을 돋올하게 묘사하지 않을 수 없었다. 그는 피렌체 기병이 밀라노 군대의 군기를 빼앗는 장면을 선택했다. 세 나라 군대의 동맹군이라지만 전세가 불리했던 피렌체 측은 밀라노 군대의 군기를 빼앗으면서 승세를 잡았는데, 레오나르도는 이 순간을 벽화의 소재로 삼았다. 군기를 빼앗는 장면의 주역은 기병과 말이었으니, 말에 대한 자신의 지식을 자랑스럽게 여기던 레오나르도로서는 흡족한 소재였다. 말의 동작과 그 격동적인 묘사는 국력이 소생하는 피렌체공화국의 신성한 기운을 드러내기에 적절했고,

전투에 임한 말의 근육과 거친 표정은 병사의 분노와 적의를 표현하기에 좋은 상징이었다.

거장의 자존심은 그림의 소재에만 국한되지 않았다. 아코디언처럼 움직이는 특수 사다리를 대회의실에 설치하는가 하면, 벽면을 회벽이 아닌 돌벽으로 만들고 드로잉을 그 위에 목탄으로 옮겨 그렸다. 그런 뒤 특수 시각 효과를 다시 한 번 펼쳐 보이려는 욕심으로 템페라 기법에 도전했다. 하지만 시작부터 엉망진창이었다. 돌벽 바탕에 칠한 유성물감은 금방 마르지 않아 흘러내렸고, 촛불을 이용해 건조시키려 했으나 불을 쪼인 물감은 빨리 마르기는커녕 기름과 안료가 반응해 범벅으로 뒤섞였다. 하지만 레오나르도는 자신의 실험을 포기할 사람이 아니었다. 조수와 함께 비계에 올라간 그는 물감이 번진 기병의 견갑 부위를 바라보며 또 무언가 궁리하고 있었다.

"왜 저렇게 고집을 부리시지?"

마키아벨리는 인상을 쓰며 입맛을 다셨다.

"지금 저대로만 해도 기적과 같지 않은가? 밑그림만

으로도 너무나 훌륭해. 묘사도 그렇고 어마어마한 규모도 자신의 인생에서 최고가 될 텐데 도대체 왜 저렇게 고집을 부리실까?"

그때 한 사람의 노인이 대회의실로 들어왔다. 멋진 동봉銅棒 단장短杖을 든 채 대회의실로 들어선 노인은 동그랗고 검은 우단 베레모를 썼으며 손등을 덮는 넓은 소매에 밑단이 짧은 푸른색 우플랑드 차림이었다. 비계 아래서 있던 조수와 일꾼들이 노인을 향해 공손히 인사를 했다. 붓을 놓은 지 여러 해 지났지만 노인은 여전히 피렌체의 명망 있는 화가 보티첼리였다. 마키아벨리 옆에 붙어 선 노인은 턱을 들어 비계 위에 있는 두 사람을 쳐다보았다. 붓질을 마친 레오나르도가 한 발 물러서면 촛불을 든 조수가 방금 붓질한 부위의 물감을 응고시키는 고약한 작업이 진행되고 있었다. 노인은 고개를 가로저으며 단장 손잡이에 두 손을 포개 올렸다.

"또 망할 징조야. 여보게, 레오나르도……."

대답이 있으리라고 생각지 않았으니 보티첼리의 말은 혼잣말이나 다름없었다. 그는 검정 스타킹 아래 끈도

목도 없는 가죽신을 신었는데, 그 가죽신 이쪽저쪽으로 체중을 옮기며 중얼거렸다.

"여보게, 레오나르도…… 피렌체 시민은 빨리 자네 벽화를 보고 싶어 한다네. 그러니 지금이라도 고집을 버리고……."

레오나르도는 비계 아래에 관심을 두지 않았다. 그의 집중력을 누구보다 잘 아는 보티첼리는 마키아벨리에게 눈짓했다. 우리는 그만 저편 휘장 속이나 구경하자는 뜻으로 목을 틀어 뒤편을 가리켰다.

단장 든 손등으로 슬그머니 휘장을 걷어 올리며 보티첼리는 마키아벨리가 따라 들어오기를 기다렸다. 휘장 뒤엔 미켈란젤로의 드로잉 「카시나 전투」가 있었다. 벽과 휘장 사이로 스며든 햇살을 받은 그림은 우련한 광채 속에서 흔들렸다. 건장한 알몸의 남자들이 뒤엉킨 그림으로 전투 상황이라기보다는 노천탕의 풍경을 묘사한 듯했다. 미켈란젤로가 지난 한 해 염색공들 병원의 작업실에 틀어박혀 몰두한 결과였다.

보티첼리는 그 엉뚱하고 기발한 장면에 놀란 표정을

지었다. 나신의 용병들은 저마다 다른 자세로 역동적이고 긴박한 순간을 연출하고 있었다. 똑바로 선 병사도 무릎을 꿇고 일어서려는 병사도 대부분 알몸으로, 원근법과 상관없이 제멋대로의 자세로 꿈틀거렸다. 서로 몸을 포개거나 기댄 채 화급하게 일어서려는 병사들, 엉거주춤한 자세로 서둘러 옷을 꿰는 병사, 그들이 모두 앞뒤 없이 한데 뒤엉켜 있었다. 회화에도 자신 있다는 듯 미켈란젤로는 인물을 하나하나 다른 기교와 방식을 동원해 그렸는데, 목탄으로 윤곽선만 두드러지게 그리거나 선과 선을 이용해 음영을 표현하기도 했고, 흰색 물감으로 명암을 드러내는 방법까지 두루 동원했다. 회벽에 옮겨 그리지 않은 드로잉이라지만 그림은 보티첼리를 놀라게 했다.

"레오나르도가 욕을 할 만도 해."

산토스피리토 성당 지하실에서 사체를 해부하며 인간의 근육과 골격을 연구하던 미켈란젤로의 어린 시절에 대해 보티첼리는 알고 있었다. 하지만 그 결과로 그린 이 드로잉의 관념성에 대해선 판단을 내리기 어려웠다. 그는 자신과 다른 생각을 가진 레오나르도의 관점을 빌려 미켈란젤로의 그림을 평가했다.

"레오나르도는 경계에 선 자만을 예술가라 여기지. 어떤 위대한 관념이라 해도 그 어딘가에 속해 있는 자는 기술자에 불과하다고 욕을 한단 말일세. 그러나 여보게…… 이 벌거숭이들을 봐. 이들이 연출하는 이 장엄한 광경을 어쩌겠나? 그 누군가는 형언할 수 없는 신적 광휘라고 하지 않겠나?"

보티첼리도 마키아벨리도 그 '형언할 수 없는 신적 광휘'에 휩싸여 불꽃처럼 휘날리던 시절이 있었다. 빙그레 웃음기 띤 얼굴로 선 마키아벨리를 여겨보며 보티첼리가 덧붙였다.

"마르실리오 피치노도…… 안젤로 폴리치아노도…… 지롤라모 사보나롤라도…… 다들 여기서 신을 영접하기 위해 웅성거리는구면."

카시나 전투는 1364년 7월 28일, 피렌체공화국이 피사공화국과 맞붙어 승리한 유명한 전투였다. 피렌체 용병은 대수롭지 않은 사상자를 내면서 적군 천여 명을 살

상했고 이천여 명을 포로로 사로잡았는데, 그 승리의 저변엔 잉글랜드 출신 용병대장 존 호크우드의 탁월한 지휘가 있었다. 카시나는 피렌체 서쪽 아르노강 하구의 한 지역이고, 피사 항구를 지키는 피렌체 용병의 요새가 있는 곳이었다. 전쟁이 벌어진 때는 무더운 여름날로 병사들은 수시로 강에 뛰어들어 목욕을 했다. 전투가 없더라도 전쟁 중이었으므로 용병대장은 그들의 경각심을 불러일으키기 위해 어느 날 거짓 경보를 울렸고, 그러자 알몸으로 강에서 뛰어나온 병사들은 즉시 전투 준비에 임하는 민첩한 행동을 보였다. 이런 용의주도한 지휘와 준비된 전력으로 피렌체 용병은 중요한 전투에서 승리해 피사 항구를 장악했다. 미켈란젤로는 이 일화를 벽화의 소재로 취했다. 용병의 민첩한 군인 정신을 대변하기 좋은 소재라는 표면적 이유 이면에는 인간의 신체 묘사에 능한 자신의 장기를 드러내고자 하는 욕심이 있었다.

두 사람은 휘장을 들치고 나왔다. 그때까지도 미켈란젤로는 나타나지 않았는데, 어제도 잠깐 들러 성의 없는 태도로 휘장 안에서 꾸물거리다간 돌아가버리고 말았다. 드로잉을 벽면에 붙여놓은 뒤 한 달이 다 돼가지만 미켈란젤로는 채색 작업을 시작할 준비를 하지 않았다. 소문에 의하면 그는 여전히 염색공들 병원의 작업실에서 누군가 주문한 톤도를 그리는 중이라고 했다. 조각가인 미켈란젤로가 그런 식으로 채색 연습을 한다면 그도 그럴 만하다고 여기겠으나, 벽화의 진행을 주목하고 있는 정부와 시민들로서는 안타까운 일이 아닐 수 없었다.

그로부터 두 달이 지난 팔월 중순 무더운 여름날 저녁 무렵이었다. 모병을 위해 종일 피렌체 외곽 농촌을 돌아다니다 집무실에 들른 마키아벨리는 기분 좋은 소식으로 안도의 한숨을 내쉬었다. 최근 여러 가지 형태로 떠돌던 체사레에 관한 소문이 모두 거짓이라는 사실을 확인할 수 있는 중요한 문건이 로마에서 도착해 그를 기다리고 있었다. 그에게 전달된 봉함 문서에는 교황청 주재 대사의 정보 보고가 있었고, 그중에는 체사레가 여전히 친치야 요새에 감금돼 있다는 소렌토의 추기경과 에스파냐 대사의 믿을 만한 발언이 수집돼 있었다. 에스파냐 대사만이 아니라 체사레의 은사인 소렌토의 추기경 입에서 나온 말이라면 신뢰할 만한 정보였다. 마키아벨리는 집무실을 나왔다. 꼬부라진 복도를 돌면 대회의실이고 그곳에서 「앙기아리 전투」를 작업하고 있는 레오나르도야말로 그 못지않게 체사레의 근황을 궁금하게 여기는 사람이었다.

하지만 레오나르도는 그곳에 없었다. 더운 공기와 저녁나절의 햇살만이 가득한 대회의실에는 사람이라곤 그림자도 보이지 않았다. 「카시나 전투」는 여전히 휘장에 가려져 있고 「앙기아리 전투」는 위아래 창문으로 들이친 저녁나절의 햇살로 장엄하게 꿈틀거리고 있었다. 마키아벨리는 남쪽 끄트머리에서 북쪽 끝까지 「앙기아리 전투」를 따라 천천히 걸었다. 그런 뒤 돌아서서 대회의실 한가운데로 걸어와 「앙기아리 전투」와 마주했다. 그림 왼쪽 가운데쯤엔 교황청 연합군의 창병과 석궁병이 도열해 있고, 위엔 베네치아 용병의 기병과 포병이 작고 희미한 윤곽으로 자리 잡고 있다. 먼 거리에 위치한 그들을 배경으로 플레이트 아머로 무장한 피렌체 미늘창병 부대의 뒷모습이 그림의 왼쪽 아래편을 차지하고 있다. 피렌체 기병과 밀라노 기병의 뺏고 빼앗기는 군기 탈취 장면은 그런 정적인 배치를 뒤흔들며 그림의 중심을 장악하고 있는 것이다. 마키아벨리는 체사레에 관한 이런저런 풍문이 전부 엉터리였다는 사실을 전하려던 참이었지만 상대방이 없으니 전할 방법이 없었다.

"체사레는 아직 그곳에 있답니다. 친치야 요새에 말이죠."

눈으로 「앙기아리 전투」 이곳저곳을 더듬으며 마키아벨리는 혼잣말로 중얼거렸다.

"체사레가 석방됐다느니, 에스파냐 왕이 그에게 최고 군사 지휘권을 부여했다느니 하는 소문은 전부 헛소문이었어요. 페르난도 왕이 체사레에게 에스파냐 전군을 맡겨 곧 이탈리아 반도로 상륙한다는 소문도 마찬가지로 거짓말이죠. 체사레는 작년 팔월 이후 여전히 친치야 성에 감금 상태로 있어요."

체사레에게 각별한 애정을 가진 레오나르도가 어떤 표정을 지을지 궁금했다. 흠모와 우려를 함께 한 레오나르도의 체사레에 대한 애정은 단순하지 않았다. 경우에 따라 레오나르도는 화가라는 자신의 직업보다 이탈리아의 통일과 피렌체의 평화를 더 귀중하게 여겼다. 농민을 병사로 훈련시켜 피렌체를 지키겠다는 마키아벨리의 생각에 적극 동조하는 이유도 그런 애정의 일부분이었다. 체사레가 조직한 로마냐 지방의 농민군단을 본뜬 마키아벨리의 시민군에 대해 레오나르도만큼 이해하는 사람은 없었다. 마키아벨리는 체사레에 관한 소식과 함께 지난 두 달 동안 자신이 이룬 모병 실적을 자랑하려고 했다. 무젤로나 카센티노와 같은 농촌 마을을 돌아다니며 젊은 농민들을 시민군으로 만든 자신의 공치사를 늘어놓을 생각이었는데 그 상대방이 보이지 않았다.

마키아벨리가 모병을 위해 뛰어다니는 동안 「앙기아리 전투」의 채색 작업은 별반 진전이 없었다. 군기 탈취 장면의 뒤엉킨 말과 기병은 채색을 마쳤으나 말 아래 떨어져 땅에 엎어진 세 명의 병사 얼굴은 여전히 흑백의 목탄화 그대로였다. 마키아벨리는 최근 레오나르도의 동정을 파악하지 못하고 있었던 것이다. 애초에 레오나르도는 마키아벨리가 주선한 산타마리아 노벨라의 아파트에서 제자들과 기숙하면서, 그 가운데 '교황들의

방'이라는 커다란 방을 작업장으로 사용하고 있었다. 하지만 최근 레오나르도는 산티시마 안눈치아타 수도원에서 들어온 또 다른 벽화 제작 요청을 수락해 그곳으로 거처를 옮겼다. 그곳에서 제자들과 벽화를 그리면서, 다른 한편으로는 밀실에 틀어박혀 실크 상인의 두 번째 아내를 모델로 초상화를 그렸고 밤이면 수도원 부속 산타 마리아 누오바 병원 지하실로 숨어들어 인체 해부에 여념이 없었다. 그의 꿈은 인체의 기능을 응용해 인조인간을 만드는 일이었다. 그러한 사실을 알지 못하는 마키아벨리로서는 「앙기아리 전투」의 더딘 작업 상황을 바라보면서 불길한 생각에 사로잡힐 수밖에 없었다.

"어쩌면 영영 완성되지 못할 운명인지도 몰라. 그러나……."

그렇게 중얼거리며 고개를 숙이는 순간 양쪽 콧방울이 뜨끈했다. 코피는 적지 않은 양이었다. 체사레가 보내는 선물인가? 하고 마키아벨리는 생각했다. 몰락하기 전 체사레는 수년 동안 피렌체로부터 막대한 조공을 받아 챙겼다. 그러고도 피렌체를 포기하지 않으려 했으니,

기어이 피렌체를 치겠다는 야심의 신호인가? 한쪽 무릎으로 꿇어앉아 목을 늘어뜨린 마키아벨리는 흙먼지로 뽀얀 플레인토 구두 끝으로 떨어지는 자신의 코피를 내려다보며 그런 생각에 빠져 있었다. 이젠 그리 놀라지 않아, 곧 멎고 그러다 언젠가 또 터지겠지, 하고 마키아벨리는 이마를 들어 「앙기아리 전투」를 올려다보았다. 병사들의 고함과 포효 그리고 말의 울음소리와 거친 콧김 소리가 두 귀를 가득 채웠다.

"기적 같은 그림이야."

주먹 쥔 손등으로 흘러나오는 코피를 틀어막으며 마키아벨리가 다시 중얼거렸다.

"어떤 일이 일어나더라도…… 그 누구라도 이 벽에서 이 그림을 지워버릴 수는 없을 거다."

10

10

마키아벨리가 코피를 흘리며 「앙기아리 전투」를 바라보던 날로부터 오백십 년이 지난 올해 봄이었다. '마키아벨리의 친구들'이라는 피렌체의 시민 단체는 금년 신입 회원 환영회 마지막 일정을 펠라초 베키오 친퀘첸토 방문으로 정했다. 이번 신입 회원 중에는 장신의 여성이 셋이나 됐다. 결혼 뒤 피렌체로 이사 온 전직 국가 대표 여자 배구 선수가 로마에 사는 친구 둘을 자신과 함께 가입시켰기 때문이다.

"그렇다면 「앙기아리 전투」를 발굴하는 방법은 없나요?"

오늘 아침 로마에서 달려온 전직 여자 배구 선수가 해설가에게 물었다. 해설가는 피렌체 미술 아카데미에서 회화를 전공하는 여학생이었는데, 그녀 역시 키가 컸다.

"그러자면 이 위대한 벽화를 훼손할 수밖에 없어요."

해설가 여학생은 높이 손을 쳐들어 「마르치아노 전투」를 가리켰다. 그러면서 자신의 생각을 멋진 비유로 말했다.

"그림은 꿈이죠. 우리는 지금 오백 년 전 레오나르도 다빈치의 꿈을 아름다운 꿈으로 간직하고 있어요. 그리고 그 앞에 존재하는 조르조 바사리의 「마르치아노 전투」라는 분명한 꿈을 바라보고 있지요."

여자 배구 블로커 출신인 신입 회원은 「앙기아리 전투」에 대한 애정을 강하게 드러냈다. 레오나르도에게 그 벽화를 청탁한 사람이 마키아벨리라는 해설을 방금 전 들은 탓이기도 했다. 그녀는 해설가보다 더 높이 손을 뻗어 「마르치아노 전투」를 가리키며 말했다.

"어쩐지 이 그림은 꿈처럼 여겨지지 않네요. 너무 분명하잖아요. 꿈은 때론 아름답지만 또 어떨 땐 일그러지고 흉측하기도 해요. 전 분명하지 않더라도 그런 진실한 꿈을 보고 싶은걸요."

삼십여 명이나 되는 '마키아벨리의 친구들' 신입 회원은 해설가의 대답을 기다렸다. 해설가 여학생은 자신이 재학하는 피렌체 미술 아카데미 설립자인 데다가 『예술가 열전』의 저자인 조르조 바사리에 대해 무지한 껑다리 여성 관람객의 무례에 화가 났다.

"레오나르도의 「앙기아리 전투」에 관한 소문은 아직 확실히 증명되지 않았어요. 오백 년 동안 전설로 전해지고 있거든요. 세라치니 교수님 주장처럼 설령 이 벽 뒤에 있더라도 그동안 어둠과 습기에 방치됐던 그림이 어떤 상태인지도 알 수 없어요. 더 중요한 문제는 「앙기아리 전투」를 발굴하려면 이 「마르치아노 전투」를 훼손할 수밖에 없다는 사실이죠. 그럴 순 없지 않겠어요?"

신입 회원은 물러서지 않았다.

"어쩌면 이 벽화보다는 망가지고 미완성인 벽 뒤편의 벽화가 더 많은 이야기와 더 아름다운 꿈을 간직하고 있을지도 몰라요."

그때 신입 회원 가운데 한 중년 남자가 다른 질문으로 두 사람의 언쟁을 막았다.

"미켈란젤로가 저쪽 벽에 그렸다는 「카시나 전투」는 언제 왜 사라져버렸나요?"

선 자리에서 꼼짝도 않은 채 해설가 여학생이 그 질문에 대답했다.

"저쪽 벽에 있던 미켈란젤로의 「카시나 전투」는 1512년 발생한 쿠데타 와중에 알 수 없는 이유로 파괴됐다고 해요. 1505년 팔월, 미켈란젤로는 드로잉을 벽에 매달아둔 채 교황 율리오 2세의 영묘 작업을 위해 로마로 떠나버렸어요. 그리고 다음 해 봄에 돌아와 드로잉을 밑그림으로 옮겨 그리긴 했으나 채색 작업까지 하지는 못했어요. 고작 여섯 달 동안 피렌체에 머물렀으니까요. 그러다가 그해 시월 다시 교황의 호출을 받아 볼로냐로 떠났고, 그 뒤 「카시나 전투」는 밑그림 상태로 육 년간 존재하다가 어느 날 사라져버렸어요."

해설가 여학생의 설명과 같이 「카시나 전투」는 육 년 동안 밑그림 상태로 대회의실 서쪽 벽면을 장식하고 있다가 1512년 파괴됐다. 미켈란젤로가 「카시나 전투」를 완성하지 못한 직접적 이유는 자신의 영묘를 제작하라는 교황의 명령 때문이었지만, 나중에는 시스티나 대성당 천장화 제작에 매달려 피렌체로 돌아올 수 없었던 탓이다. 레오나르도가 「앙기아리 전투」를 마무리하지 못한 이유도 비슷했다. 레오나르도는 밀라노에 있을 때 '순결한 관념의 협회'라는 수녀회로부터 「암굴의 성모」를 주문받아 완성했으나 수녀회는 그 그림을 거부했다. 팔 년이 지난 뒤 그림을 다시 그려내라고 요구하면서 수녀회는 당시 밀라노를 통치하고 있던 프랑스인 샤를 당부아즈의 권력을 동원했다. 밀라노 통치자의 요구를 거부할 수 없었던 피렌체 의회의 명령에 따라 레오나르도는 1506년 유월 고향을 등지고 밀라노로 떠났다. 이후 미완성의 「앙기아리 전투」는 대회의실 동쪽 벽에 존재했지만 템페라 기법으로 채색한 탓에 오십여 년이 지나면서 균열이 일어나고 여기저기 심하게 부식하기 시작했다. 그러다가 1563년 바사리가 코시모 1세의 명령으로 대회의실을 리모델링하는 과정에서 사라지고 말았다.

오백십 년 전 마키아벨리의 집무실이 있던 정청 건물은 현재 피렌체 시청사로 이용되며 '팔라초 베키오'라는 이름으로 불린다. 레오나르도와 미켈란젤로가 등을 마주하고 벽화를 그리던 대회의실은 '친퀘첸토'라는 별명을 얻었고, 지금 그곳 양쪽 벽에는 바사리가 제자들과 작업한 벽화가 여섯 개의 패널로 자리 잡고 있다. 하지만 그 친퀘첸토 어딘가에 레오나르도의 「앙기아리 전투」가 숨겨져 있다는 신비한 전설은 지난 오백여 년간 피렌체 사람들 사이에서 이어져오고 있었다.

최근 그 전설이 사실일 수 있다는 과학적 증거를 제시한 사람이 나타났다. 사십여 년 전, 자신의 은사이자 세계적인 레오나르도 다빈치 전문가인 카를로 페드레티 교수로부터 레오나르도의 잃어버린 명화에 대한 진실을 과학적으로 증명할 방법이 있느냐는 질문을 받은 마우리치오 세라치니 교수는 곧 「앙기아리 전투」를 추적하기 시작됐다. 1975년 어느 날, 그는 가설한 비계에 올라 「마르치아노 전투」를 살펴보던 중 우측 상단에 위치한 한 전투병이 든 초록색 깃발에서 "찾으라, 그러면 발견할 것이다"라는 이탈리아어 성경 구절을 찾아냈다. 그는 이 짧은 문장이 「앙기아리 전투」의 존재를 암시하는 바사리의 메시지라 확신했다.

레오나르도가 밀라노로 떠나고 육 년이 지난 1512년 봄, 마키아벨리가 봉직하던 피렌체시민공화국은 외세에 의해 와해됐다. 레오나르도와 마키아벨리가 우려하던 체사레의 침략이 아니었다. 체사레가 죽은 지는 이미 오 년이 지난 뒤였다. 친치야 성에서 탈출한 체사레는 1507년 봄, 나바라왕국의 전쟁 와중에 서른한 살의 나이로 전사했으니 그의 생사와 피렌체의 몰락은 아무런 관련이 없었다. 1512년 피렌체공화국의 격변은 교황 레오 10세로 임명된 조반니 메디치가 에스파냐와 손잡은 결과였다. 에스파냐는 프랑스와 동맹 관계에 있던 피렌체를 위협해 자국에 망명 중이던 교황의 동생 줄리아노를 불러 피렌체공화국을 참주정 체제로 되돌려놓았다. 공직에서 해임되고 재산까지 몰수당한 마키아벨리는 산탄드레아의 작은 농장에 칩거하며 집필 활동을 하다가 1527년 쉰여덟의 나이로 사망했다. 그러고도 다시 삼십육 년이라는 세월이 흘렀다.

1563년 피렌체는 메디치 가문의 외손外孫인 코시모 1세의 치하로 들어갔다. 코시모 1세는 자신과 메디치 가문의 힘과 영광을 드러내기 위해 피렌체를 새로운 예술의 도시로 일신시키는 과정에서, 자신의 건축 고문이며 화가이자 건축가인 바사리에게 정청 대회의실을 개축하라고 명령했다. 그는 자신의 군대가 승리한 전투 장면으로 양쪽 벽면을 채우고, 지난날 공화국 군대의 승리를 그린 「앙기아리 전투」 위에 십여 년 전 자신의 군대가 대승을 거둔 마르치아노 전투를 그리라 요구했다. 마르치아노 전투는 1554년 팔월, 코시모 1세가 이끄는 피렌체공국의 군대가 교황령 동맹군과 연합해 프랑스와 밀라노와 시에나 삼 개국 연합군을 맞아 승리한 전투였다. 현재 이탈리아 움브리아 주 페루자 남쪽 이십오 킬로미터 지점에 위치한 마르치아노는 당시엔 북부에서 중부 토스카나 지방으로 진입하는 군사 요충지였다. 코시모 1세는 이 전투를 통해 피렌체를 토스카나대공국의 수도로 만들었으며 자신은 토스카나대공국의 초대 군주로 등장했다.

2005년 여름, 세라치니 교수는 친퀘첸토에서 한 차례 발굴을 시도했으나 만족할 만한 성과를 거두지 못했다. 「마르치아노 전투」를 훼손하지 않는 한 「앙기아리 전투」의 존재 유무를 가리기란 어려운 일이었다. 그러나 세라치니 교수는 평소 레오나르도를 존경하던 바사리가 「앙기아리 전투」를 그냥 지워버리지 않았으리라 믿었다. 그는 그야말로 "찾으라, 그러면 발견할 것이다"라는 메시지에 대한 자신의 판단을 조금도 변경하지 않았다. 그러한 믿음을 뒷받침하는 분명한 사례가 있었다. 바사리는 친퀘첸토 리모델링을 마친 몇 년 뒤 플로렌스 산타마리아 노벨라 성당에 있는 마사초의 벽화를 지키기 위해 벽 앞에 새로운 벽돌담을 세운 적이 있었다. 세라치니 교수는 바사리가 이와 같은 방식으로 「앙기아리 전투」를 보존했으리라 가정했다. 정교한 무선안테나로 「마르치아노 전투」가 있는 벽 뒤의 공기층을 샅샅이 살피던 세라치니 교수팀은 레이저와 레이더, 자외선 및 적외선 카메라 등을 사용해 바사리가 리모델링하기 이

전의 대회의실 도면을 복원해냈고, 마침내 「마르치아노 전투」 뒤편에서 커다란 빈 공간을 찾았다. 세라치니 교수는 그 공간 뒤편에 「앙기아리 전투」 벽화가 그려진 또 다른 벽이 있으리라 단정했지만 미비한 기술로 인해 발굴 작업은 이쯤에서 중단됐다.

「앙기아리 전투」 위에 「마르치아노 전투」를 그리라는 코시모 1세의 명령을 받은 1563년, 바사리는 쉰두 살의 나이에 걸맞은 명성과 권력을 갖추고 있었다. 그가 피렌체 미술 아카데미를 설립한 해도 그해였다. 다음 해 미켈란젤로가 사망하자 그 묘지를 건축한 사람 역시 바사리였는데, 열여섯 살에 피렌체로 온 바사리는 미켈란젤로를 만나 그의 제자가 됐으니 두 사람은 막역한 사제지간이었다. 당시 미켈란젤로는 여든여덟의 고령에도 마지막 조각 작품인 「론다니니의 피에타」를 로마의 작업실에서 손질하고 있었다. 또한 그해는 레오나르도가 실크 상인의 두 번째 아내를 모델로 그린 「모나리자」를 남긴 채 프랑스에서 사망한 지 사십사 년이 지난 뒤였다. 바로 그해 「앙기아리 전투」가 바사리에 의해 전설 속으로 사라지고 말았던 것이다.

　두 번째 탐사로부터 칠 년이 지난 2012년, 세라치니 교수는 유능한 연구원 다수를 확보하고 중단했던 발굴 작업을 계속하기 위해 친퀘첸토로 돌아왔다. 그들이 준비한 비장의 장비는 의료용으로 개발 중인 4밀리미터 내시경 카메라였다. 피렌체 시청의 허가를 얻은 세라치니 교수 팀은「마르치아노 전투」에 여섯 개의 구멍을 뚫고 그곳으로 내시경 카메라를 밀어 넣었다. 이어 엑스선 형광 검사와 엑스선 회절 검사를 이용해「마르치아노 전투」뒤편 벽면에서 적갈색과 검정색과 베이지색 안료를 성공적으로 찾아냈고, 이 안료에서 철과 망간 성분을 발견했다. 이는「모나리자」와「세례 요한」을 그릴 때 레오나르도가 사용한 물감만이 가지는 광물 성분이었다. 레오나르도가「앙기아리 전투」를 중단한 뒤 육십 년이 지나 바사리가 그 앞에 벽을 세울 때까지 아무도 손대지 않았다는 증거였다. 세 번째 탐사를 마친 세라치니 교수는 탐사 보고 말미에 실질적인 작업이 더 필요하다는 의견을 덧붙였는데, 이는「마르치아노 전투」를 훼손하더라도 벽 뒤편의 벽화를 밖으로 끌어내자는 말이나 다름 없었다.

그에 따른 반대 의견이 이탈리아를 뒤흔들었다. 벽면 뒤 그림이 레오나르도의 그림인지 아닌지 확실하게 확인되지 않은 상황에서, 그 그림의 정체를 밝히기 위해 바사리를 이렇게 마구 대해도 되냐는 원성이 자자했다. 이탈리아의 미술사가들은 세라치니 교수 팀의 발견 자체를 신뢰하지 않았고, 벽 뒤의 벽화가 레오나르도의 작품이 아니라 르네상스 시대에 그린 다른 벽화일 수 있다고 지적했다. 이에 앞서 이탈리아 문화 유적 보존 단체 '이탈리아 노스트라'는 이미 고전적 명화로 자리 잡은 「마르치아노 전투」를 훼손할 수 있는 어떠한 조치도 반대한다는 청원서를 정부에 제출했다. 이들은 이구동성으로 「마르치아노 전투」 뒤편의 그림이 설사 「앙기아리 전투」일지라도 그 그림이 온전히 보존돼 있는지 일부만 남아 있는지 알 수 없는 일이라고 주장했다. 「마르치아노 전투」를 떼어낸 뒤 뒷면의 벽화가 손상된 상태거나 엉뚱한 그림이라면 어쩌냐면서, 이러한 의문과 문제점

들을 확인하고 해결하기 전에는「마르치아노 전투」에 손댈 수 없다고 못 박았다.

피렌체시와 이탈리아 정부는 빠른 시일 안에「앙기아리 전투」를 발굴하고 복원한다는 계획을 검토했으나 신중론이 우세해지자 고민에 빠졌다. 세라치니 교수 팀의 연구 결과를 근거로 위험을 무릅쓰기란 쉽지 않은 일이었다. 그래서 오백 년의 전설「앙기아리 전투」를 발굴해야 하는가, 전설은 전설로 남겨둔 채 현실인「마르치아노 전투」를 보존해야 하는가 하는 문제는 여전히 논란거리로 남아 있다.

친퀘첸토에서 나온 '마키아벨리의 친구들' 회원들은 시뇨리아 광장 끝에서 기념사진을 찍었다. 오백십 년 진 마키아벨리가 한쪽 무릎을 꿇은 채 코피를 흘리던 바로 그 자리였다. 그들 뒤편에 선 다비드 대리석상은 그날과 달리 진품을 대신한 복제품이었다.

"「앙기아리 전투」가 불쌍해요!"

사진을 찍기 위해 줄지어 선 회원들 맨 뒷줄에서「앙기아리 전투」발굴을 소원하는 국가 대표 여자 배구 블로커 출신 신입 회원이 외쳤다. 모두 와아, 하고 웃었다. 커다란 목소리로 그녀가 또 말했다.

"우리가 한마음으로 요구한다면 가능하지 않을까요? 오늘도 우리를 기다리는 「앙기아리 전투」를 보고 싶다고요."

사진 촬영을 마치고 광장 끝에 모인 '마키아벨리의 친구들' 회원은 여전히 「앙기아리 전투」에 애착을 드러내는 장신의 여성 회원 때문에 모두 즐거웠다.

"오백 년 동안 기다리고 있다는데 가엾지도 않으세요?"

'마키아벨리의 친구들' 이천 명 회원을 몇 년째 이끌고 있는 할머니 회장이 대답했다.

"냉정해야 해요. 현실과 낭만은 서로 멀리 떨어져 있으니까요. 피렌체 시민이라면 누구나 「앙기아리 전투」를 보고 싶어 하지만…… 그러나 이 도시에선 조르조 바사리란 분 또한 유명하고 소중해요. 피렌체 이곳저곳 중요한 건축물이 죄다 그분 작품이랍니다."

블로커 출신 신입 회원 대신 이번엔 그녀와 팔짱을 낀 스파이커 출신 신입 회원이 말했다.

"전 냉정하고 싶지 않아요."

할머니 회장은 크게 고개를 젖혀 2미터에 이르는 세 명의 여성 신입 회원을 올려다보며 웃었다.

"피렌체엔 과거와 미래가 같이 있어요. 냉정과 열정도 마찬가지죠. 우린 그 사이에 살고 있답니다."

블로커 출신 신입 회원과 마찬가지로 로마에 사는 스파이커 출신 신입 회원은 할머니 회장의 말에 반대했다.

"싫어요. 전 냉정을 버리겠어요.「앙기아리 전투」를 우리 앞에 내놓으라는 시민운동을 시작하겠어요."

삼십여 명의 신입 회원이 저마다 즐거운 표정으로 왁자지껄 웃었다. 그들의 웃음소리를 배경으로 국가 대표 여자 배구 선수 출신 신입 회원 셋은 유치원생 소녀처럼 떼를 썼다.

"우린 냉정과 열정 사이에 살지만, 그래도 진실한 마음은 늘 열정 편이에요. 그래서 우리의 마음은 언제나 가여운「앙기아리 전투」를 향해요."

할머니 회장이 손을 쳐들어 주목을 요구했다.

"좋은 말이지만 현재 '마키아벨리의 친구들'은 하는

일이 너무 많아요."

　회장의 말처럼 '마키아벨리의 친구들'은 매년 주관하는 두 가지 정기 행사 외에도 이런저런 사업을 진행하고 있었다. 늦은 봄이년 마키아벨리의 희곡『만드라골라』를 원작 그대로 공연하고, 가을엔 마키아벨리가 조직했던 시민군 열병식을 당시의 복장과 병장기 차림으로 시뇨리아 광장에서 재연했다. 십 년 전부터 노인 회원 몇은 마키아벨리가 말년에 은둔했던 산탄드레아의 농장 길가에 관광객을 위한 참새구이 선술집을 열었다.「앙기아리 전투」발굴을 촉구하는 캠페인에 관한 의견이 없지 않았지만, 바사리에 대한 시민의 애정 때문에 현실로 만들기는 힘들었다. 최근 몇몇 회원은「앙기아리 전투」를 발굴하면서「마르치아노 전투」의 훼손을 최소로 할 수 있는 공학적 문제에 대한 검토를 진행한 적이 있었다. 블로거 출신 신입 회원이 그와 비슷한 질문을 했다.

　"누군가「마르치아노 전투」를 조금도 다치지 않고 살짝 잘라낼 그런 기술자는 없을까요?"

그 문제에 대한 논의에 참가했던 회원이 좀 전 단체 사진을 찍은 청년이었다. 그가 말했다.

"그럴 수도 있겠죠. 피렌체인은 칠백 년 전 두오모를 만들었으니까요. 피렌체엔 브루넬레스키와 같은 천재가 지금도 어딘가 숨어 있을지 몰라요. 「마르치아노 전투」를 손톱만큼도 손상시키지 않고 「앙기아리 전투」를 우리 앞에 드러내 줄 그런 사람이요."

말을 마친 청년은 대각선 방향으로 손을 뻗으며 커다란 목소리로 외쳤다.

"하지만 저 대공작께서 허락하지 않을지도 몰라요."

청년이 손끝으로 가리키는 광장 한쪽에는 코시모 1세의 청동 기마상이 서 있었다. 어깨에 멘 카메라 멜빵을 추스르며 청년은 귀엽게 웃었다.

"우리가 「마르치아노 전투」를 조금도 아프지 않게 하면서 「앙기아리 전투」를 만날 방법은 없어요. 왠가 하면 그 사이엔 아주 견고한 벽이 있으니까요."

몸을 돌린 청년은 다른 회원들을 이끌듯이 시뇨리아 광장 한가운데로 향했다. 오백십 년 전, 코피를 닦고 있는 마키아벨리를 바라보며 레오나르도가 걸어오던 동선動線의 역방향이었다.

11

정신병원에서 자신을 기다린다는 여자에 관해 하 교수는 생각을 곱씹었다. 그러나 결론은 없었다. 한 번쯤 찾아간대서 죄가 될 리 없다는 지점까지 다가가긴 했으나, 그런대서 뭐 달라질 일이 있을까 하는 지점으로 되돌아오는 생각은 두 지점 사이에서 오락가락했다. 병자에 대한 연민이 작동하지 않는 건 아니지만, 여자를 만난다는 사실은 하 교수 자신의 가정에도 좋은 일이 아니고 여자의 가정을 위해서도 어색한 처신이 아닐 수 없었다. 갈팡질팡 거듭하던 번민도 잊어질 만큼 시간이 흐르고 계절이 바뀌었다. 지난번 전화를 받은 지 두 달이 지나 초여름으로 접어든 어느 날 오전이었다. 수업을 마치고 보니 핸드폰 액정 화면에 뜬 부재중 통화 표시와 함께 신부의 음성메시지가 있었다.

"안녕하십니까, 교수님. 저는 바오로 신붑니다. 일전에 전화드린 적이 있죠. 빈 시간 제게 전화해주시면 좋겠고 아니면 제가 다시 전화드리겠습니다. 감사합니다."

녹음된 신부의 청에 따라 하 교수가 그쪽으로 전화했다.

"전화해주셔서 감사합니다, 교수님. 곧 제가 전화드리려 했습니다만."

그렇게 인사를 한 신부는 망설이지 않고 본론으로 들어갔다.

"어떠세요?"

이번에는 자신의 청이 관철되리라 예상한 듯했다.

"환자분께선 여전히 교수님이 오기만을 기다리고 있습니다. 반드시 찾아온다고 굳게 믿고 있습니다. 어떠세요?"

"그렇게 이야길 합디까? 제가 찾아올 거라고 본인 입으로 말해요?"

"그렇습니다. 그렇지 않다면 제가 어떻게 이런 무례한 전화를 또 드리겠어요."

"왜 그런답니까? 이유가 뭐라고 말하던가요?"

"그렇게 이것저것 물어보진 않았습니다만 지금 환자분이 교수님을 기다리고 있다는 사실만은 분명합니다. 환자분은 자신의 속마음을 쉽게 드러내는 편이 아닙니다. 언제나 조용하죠. 저는 가족분들을 통해 내막을 들었고, 그래서 여쭤보긴 했습니다."

신부는 여자의 소망과 자신의 소임이 무엇이며 그 근거가 무엇인지 분명하게 말했다.

"교수님이 오시기로 했고, 그래서 자신은 기다리고 있다고 합니다. 그게 원인과 이유의 선부가 아니겠습니까? 환자분의 태도는 아주 정갈하고 정중해요. 병중이십니다만 스토커처럼 일방적으로 상대방에 집착하는 강박증 환자하곤 다르죠."

"뭐가요?"

"네?"

"뭐가 다르단 말입니까?"

"하하…… 이를테면 품위를 유지하고 계신다고 할까요? 오시기로 한 사람을 기다리는 중이지 그렇지 않은 사람을 일방적으로 와달라고 요구하는 그런 태도가 아니란 말입니다."

"저는 잘 모르겠습니다, 신부님. 전 가기로 한 적이 없으니까요."

"교수님, 이분은 현재에 살고 있지 않습니다. 삼십사 년 전 처녀 총각으로 데이트하던 그 시절에 머물러 있어요. 그 이전과 그 이후의 기억이 하나도 없어요. 오직 교수님과 만나던 그 일 년만이 이분 인생의 전붑니다. 그 점을 이해하셔야 합니다."

"그러니까 신부님 말씀은 그런 환자의 입장에서, 저를 그 환자의 시간으로 회귀해달라는 뜻이로구먼요."

"불쾌하게 여기지는 마십시오. 이분은 지금 요양 중인 환잡니다."

"하아……."

금방 끊을 수 있는 전화가 아니었다. 자신의 뜻을 반듯하게 이해시키려면 시간과 대화가 필요하다고 하 교수는 생각했다. 그래서 다시 물었다.

"의사 선생님은 뭐라고 합니까?"

신부는 잠시 말이 없었다. 하 교수가 다시 다그쳤다.

"담당 의사가 있을 게 아닙니까? 그 의사는 뭐래요? 기억상실증 환자의 병증에 맞춰 제가 삼십 몇 년 전 상황으로 돌아가 연극을 해야 한다고 하던가요? 지금 신부님의 말씀은 담당 의사와 상의한 내용입니까?"

"교수님, 아직 마음을 정하시지 못한 모양이시군요."

신부가 다시 말했다.

"제가 교수님께 사정할 수는 없는 일입니다. 하지만 이 일은 의료진의 진료를 거쳐야 하는 의학적 처방이 아닙니다. 교수님께서 그냥 좋은 마음으로 한번 방문해줬으면 좋겠다는 부탁일 뿐이죠. 제 입장에서는 그렇게 말씀드릴 수밖에 없군요."

"신부님…… 우리 좀 냉정해져야겠어요. 정신병원이니 기억상실증이니, 게다가 연민과 동정까지…… 너무 종교적인 요굽니다."

신부는 나지막하게 웃었다. 하 교수는 이제 신부의 다

음 질문이 무엇인지 짐작할 수 있었다. 그래서 그 질문에 대답했다.

"전 만날 생각이 없습니다."

전화를 시작할 때의 음성과 변함없는 밝고 명료한 음성으로 신부가 하 교수에게 작별 인사를 했다.

"그러세요? 알았습니다. 죄송합니다, 교수님. 그럼 제가 먼저 끊겠습니다."

화를 냈지만 통화를 끝낸 뒤 하 교수의 기분은 가뿐했다. 여자에 대한 그 어떤 감정도 사라지고 없는 듯했다. 다만 지금 화를 삼키고 있을 젊은 신부가 걱정됐다. 그러나 어쩔 수 없는 일이었다. 이제 곧 4교시 수업이 시작되고, 오후엔 아내가 학교로 찾아와 부부는 교외의 산사에 가기로 했다. 책상 위에 내려놓은 핸드폰을 바라보면서 하 교수는 자신이 담당한 환자를 위해 좋은 뜻에서 주선한 일이 파탄 난 뒤 상황을 수습하려고 허둥거릴 신부에 대한 상상 때문에 짜증이 일었다.

'하지만, 이 친구야. 자넨 신과 결혼을 서약한 사제가 아닌가? 그런 사람이 삼십 년간 결혼 생활을 이어오고

있는 사람의 처지를 어떻게 이해할 수 있겠나.'

초여름의 따가운 햇살이 들이치는 연구실 책상 앞에 앉아 하 교수는 눈을 감았다. 지금도 등나무 흔들의자에 앉아 자신이 나타나기만을 기다린다는 여자의 얼굴을 떠올리려 애썼다. 인터넷 카페에 올라 있던 중년의 여인이 아니라 삼십사 년 전 젊은 날의 그녀였다. 그러나 어쩐 일인지 여자의 얼굴이 생각나지 않았다. 처음 만나던 날 그녀가 입고 있던 목이 길고 빨간 스웨터만이 어제 본 듯 선명하게 떠올랐다. 그리고 그와 함께 동생들이 자신이 중학교 교사라는 사실로 웃더라는 그녀의 말이 귓가에 쟁쟁했고, 그 말로 인해 절연한 옹졸한 자신의 처사가 생각났고, 궁핍한 생활에 짓눌려 결혼에 대해 생각하지 못한 자격지심과, 여자의 손도 한번 잡아보지 못한 자신의 꼬락서니가 기억났다. 저녁 아홉 시까지는 집에 들어가야 한다는 여자의 말을 철석같이 믿었기에 일 년이 넘도록 데이트하면서 두 사람은 서울 시내를 벗어나지 못했다. 하 교수는 흠, 하고 콧김을 내뿜은 뒤 다시 숨을 들이마셨다.

'옹졸했던가?'

하 교수는 여전히 눈을 감고 있었다.

'아니야, 순진했지.'

그러한 지난날 자신의 행동을 잘못이라 여기지도 않았고 후회하지도 않았다. 그때 그 상황도 현실이었고 지금 이러한 상황도 현실일 뿐이라고 생각했다.

'그래…… 그건 다 운명이야. 그러니 내가 어쩌겠나.'

잠깐 길가 여인숙에라도 들어갔더라면, 하는 생각은 지금의 생각이었다. 그때엔 엄두도 내지 못할 일이었다. 마찬가지로 현재 여자는 삼십사 년 전에 있고 자신은 오늘에 있다. 하 교수는 자신을 두둔하면서 어서 화가 가라앉고 마음의 평화가 찾아오기를 기다렸다.

'그래서 현재에 다다랐다면 현재가 가장 완벽한 운명의 결론이 아닐까?'

그날 저녁 일곱 시부터 설법전說法殿에서 시작된 삼천 배는 밤을 새워 열 시간 만인 새벽 다섯 시까지 이어졌다. 한 시간에 삼백 배씩 이어지는 삼천 배 공양 가운데 하 교수와 아내는 세 번을 쉬고 일곱 번을 따라 했다. 횟

수로 따진다면 이천 배를 한 셈이었다. 한 시간 중 사십오 분은 절을 하고 십오 분은 쉬는 시간이었는데, 하 교수는 절을 할 때나 쉴 때나 철철 땀을 흘리면서도 덥다는 소리를 하지 않았다. 아내는 기진한 탓이라 여겼으나 사실은 그렇지 않았다. 하 교수의 머릿속에선 무수한 생각이 뒤엉키고 겹치면서 끝없이 이어지고 있었다. 도덕은 환상인가 현실인가? 도덕과 윤리라는 관념에 두들겨 맞으면서도 기어이 환상을 버리지 못한 여자는 지금 정신병원에 있다. 그리고 나는 그러한 현실적 관념에 순응해 그녀를 외면했다. 그러고선 이렇게 하염없이 절을 하고 있다. 하 교수는 오늘 낮 신부에게 질문한 대로 자신을 기다리는 여자의 기억상실증이 자신의 잘못이냐는 질문을 거듭 자신에게 퍼붓고 있었다. 그러니 화가 가라앉을 리 없었다. 통화를 끝낸 뒤 가뿐하던 기분은 거짓이었다. 여자에 대한 그 어떤 감정도 사라지고 없는 듯하던 느낌도 순간적인 자기기만일 뿐이었다.

'하지만 어떡하나?'

백 명이 넘는 사람들이 힘들여 절을 하고 있건만 옷깃

스치는 소리뿐이었다. 젊은 스님의 죽비 소리에 따라 손바닥을 붙인 채 무릎을 꿇고, 마룻바닥에 손바닥을 대며 엉덩이를 들고, 이마를 숙이며 손바닥을 쳐드는 하 교수의 가슴속으로, 그 옷깃 스치는 소리가 밀려들었다가는 떠나가고 또 밀려들었다가는 떠나갔다. 오늘의 삼천 배는 업장소멸의 공양도 심신청정의 수행도 되지 못했다.

"호흡을 제대로 하세요."

쉬는 시간에 수건과 물을 건네며 아내가 말했다.

"접족례를 하고 합장할 때 휘파람 불듯이 숨을 길게 내뱉는 게 중요해요. 당신은 그 동작에서 내쉬고 들이쉬는 과정을 한꺼번에 할 때가 있어요. 그러니 다음 동작이 어색하게 엉켜요. 그땐 입으로 숨을 내쉬기만 하세요. 가늘고 부드럽고 고요하게."

하 교수는 물을 마신 뒤 아내의 지적대로 해보았다. 가늘고 부드럽고 고요하게 숨을 내쉬고선 아내를 바라보며 두 볼을 당겨 웃었다. 삼십 년간 마주했던 얼굴이 어쩐지 낯설게만 여겨졌다. 낯선 얼굴의 아내가 남편의 이마에서 흐르는 땀을 훔치며 말했다.

"그렇게 해요."

다시 절이 시작됐고 합장하며 일어설 때였다. 무릎을 펴고 기마 자세로 일어나 두 손바닥을 가슴에 붙인 채 엉덩이에 살짝 힘을 주고 곧추서면서 하 교수는 곁에 선 아내의 얼굴을 돌아보았다. 그때 삼십사 년 전 여자의 얼굴이 생각났고 동시에 하 교수는 그녀의 이름을 불렀다.

"영희야……"

아무도 듣지 못할 만큼 아주 작은 목소리였다. 하지만 하 교수는 아내를 바라보던 시선을 비틀며 좀 전보단 조금 높은 목소리로 짧은 신음을 뱉어냈다.

"으음……"

세월은 흘러 그날로부터 다시 심 년이 지난 어느 날이었다. 여름이 시작되고 학기말고사가 끝나 방학은 시작되지 않았지만 교정이 텅 빈 저녁 무렵이었다. 답안지 채점을 마치고 늦게 연구실을 나선 하 교수는 교문을 향해 차도를 걸어가고 있었다. 그가 늘 다니던 왼쪽 보도에선 보도블록 교체 작업이 진행 중이었다. 그때 핸드폰이 울렸다. 낯선 전화번호가 뜬 핸드폰 폴더를 열어 들고 저편을 부르자 전화한 사람이 자신의 신분을 밝혔다.

"교수님, 안녕하세요."

미국에서 유학 중이라던 여자의 큰딸이었다. 정중히 인사말을 마친 그녀가 다시 말했다.

"다시 전화드리지 않으려 했습니다만 꼭 전해드릴 말이 있어 마지막으로 이렇게 전화했습니다."

여자의 딸은 담담한 목소리로 짧게 말했다.

"일주일 전 어머니가 돌아가셨습니다."

갑자기 눈물이 핑 돌았다. 이런 경우를 예상하지 않은 바 아니지만 격한 감정이 이렇게 속수무책으로 닥치리라곤 생각하지 못했다. 하 교수는 아무런 말도 할 수 없었다. 뒤에서 다가오는 자동차를 피해 오른쪽 보도로 올라서면서 눈앞에 놓인 벤치를 바라보았다. 아아, 저기 앉아야겠다, 하는 생각을 했다. 전화기 저편에서 여자의 딸이 말했다.

"돌아가시기 직전까지 교수님이 오신다고 기다리고 있었습니다."

그러고는 뚝 전화가 끊겼다. 해가 지고 있었다. 벤치

에 걸터앉은 하 교수는 자신의 볼을 적시며 흘러내리는 눈물의 온도에 놀랐다. 무척 뜨거웠다. 두 손으로 핸드폰을 감싸 들고 하 교수는 그대로 가만히 있었다. 정문에 이르기까지 낡은 보도블록을 몽땅 들어낸 맞은편 보도는 새로 깐 모래로 하얗게 빛났다. 경계석을 다 들어낸 탓에 모랫길로 변한 보도 곁 차도에 시공 장비와 자재가 놓여 있었다. 팔레트에 쌓인 보도블록 더미와 경계석 더미가 간격을 두고 놓여 있고, 지게차는 정문 가까운 곳에 멈춰 서 있었다. 시멘트 포대 더미와 모래 더미는 보도 안쪽에 쌓여 있었다. 마지막 날 여자가 입고 있던 목 높은 스웨터의 색깔이 생각났다. 빨강 중에서도 진하디 진한 빨강이었다. 그 스웨터 양쪽으로 늘어뜨린 여자의 긴 머리카락도 생각났다. 여자의 신체에서 교수가 마지막으로 본 부분이 그 기다란 머리카락이었다. 그때 총각 선생님은 신문을 접어 들고 있었다. 찻집에서 여자 맞은편에 앉아 다 읽은 신문이었다. 그리고 여자는 시내버스를 타고 떠나갔다.

　인문교양관 앞에서 시작한 보도블록 교체 작업은 바

닥 평탄 공정과 보도블록 설치 공정이 동시에 이루어지고 있었다. 이제 막 시작된 보도블록 설치 작업은 하 교수가 앉은 벤치의 왼쪽 대각선 방향에서 진행되고 있었다. 수건을 목에 걸친 인부 둘은 저마다 다른 부니해트를 쓰고 있었다. 한 사람은 얼룩무늬 부니해트를 쓰고 다른 사람은 회색 부니해트를 썼다. 얼룩무늬 부니해트를 쓴 인부는 운동화를 신었고 회색 부니해트를 쓴 인부는 목이 짧은 장화를 신었다. 목이 짧은 장화를 신고 회색 부니해트를 쓴 인부가 콤팩터 운전을 시작했다. 쾅쾅쾅 모래 다지는 소리가 나쁘지 않았다. 작업은 오늘 다 끝낼 수 없었다. 정문까지는 먼 거리였다. 이들이 오늘의 작업을 끝낼 때까지 하 교수는 지금 이 자리에 그냥 앉아 있을 작정이었다.

그때가 되면 해가 넘어가겠지. 그리고 천천히 어두워지기 시작할 테지. 그런데 내가 정신병원으로 찾아가 그녀를 만났다면 혹시 그녀의 사라진 기억이 돌아오지는 않았을까? 가능한 일인가? 그런 상황에 대해 말해주는 사람이 없었다. 삼십칠 년 전 그날 이전의 기억과 그날 이후 오늘까지의 기억이 회복되지 않았을까? 삼십칠 년 동안 그녀의 이름을 기억하는 나의 기억력과, 삼십칠 년 전 그 한 해를 기점으로 이전과 이후의 기억을 몽땅 잃어버린 그녀의 기억력 사이엔 어떤 관련성이 있지는 않을까? 쾅쾅쾅 모래 다지는 콤팩터 소리가 그치자 사위가 조용해졌다. 하 교수는 손을 들어 손가락으로 이쪽저쪽 눈 아래편 볼을 닦고 코와 입술을 만졌다. 손도 한 번 잡아보지 않은 그 일 년 동안의 생만을 기억하던 여자에게 그 이전과 그 이후의 생은 어떤 의미였을까? 기억이 없으면 의미도 없는가? 그렇다면? 그해도 기억하고 그 이전도 기억하고 그 이후도 기억하는 내 인생의 의미는 무엇인가?

위이잉, 하고 보도블록 설난용 그라인너 돌아가는 소리가 나더니 카강카강 카강강강…… 하고 보도블록 자르는 굉음이 이어졌다. 듣기 싫지 않았다. 그 소리가 그치고 얼룩무늬 부니해트를 쓴 인부와 회색 부니해트를 쓴 인부가 둘 다 허리를 펴고 일어나 수건을 털 때까지 하 교수는 지금 이곳 교정 진입로 인도변의 벤치에 그냥 앉아 있기로 했다.

12

"슬픈 사랑의 이야기로군요."

"소설 같은 얘기야."

제자는 스승의 빈 잔에 술을 따르고 절반쯤 남은 제 잔에도 가득 술을 채웠다.

"교수님은 정말 바보로군요."

"그래, 그렇지…… 나는 바볼세."

천천히 잔을 비운 뒤 노인이 말했다.

"자네가 이 얘길 소설로 쓰게."

술기운으로 붉은 눈가를 주무르며 노인이 덧붙였다.

"어디 한번 곁눈질하지 않고 살아온 싱겁디 싱거운 인생에도 이런 곡절이 일어나다니 이 얼마나 사치한 인생인가? 그렇다고 뭐, 불행이랄 순 없지만…… 그러니 비극으로 쓰진 말게."

날마다 고혈압 치료약을 먹으니 노인이 틀림없으나, 불시에 늙어 보이는 스승에게 제자는 뭐라고 할 말이 없었다. 오래 간직한 비밀을 다 털어버린 탓일까, 노인은 허물로 남은 번데기처럼 딱딱하고 주름지고 가벼운 몸으로 앉아 있었다. 창밖에는 여전히 비가 내리고 있었다. 바람은 잦아들었고 춤추듯 날아다니던 꽃잎이 내려앉은 골목길은 하늘보다 환했다. 질척하게 젖은 봄날 한낮의 주택가 꽃잎의 카펫 위로 비는 별생각 없이 흘러내리는 중이었다.

"그렇게 일어날 수 없는 일이 일어났어."

노인은 외로운 눈빛을 했다.

"여보게, 나는 아직도 그 등나무 흔들의자가 무슨 소린지 모르겠네. 기억이 없으니…… 내가 왜 거기다가 그런 구절을 적어뒀는지 몰라. 예이츠의 시 앞에 내 글씨로 그렇게 적혀 있다니 내가 쓴 건 맞겠으나 나는 기억이 없네."

자신의 술잔을 채운 뒤 대답은커녕 혼자 술을 들이켜는 제자를 지켜보면서 노인이 또 혼잣말을 했다.

"그런데 그게 꽤 그럴듯하지? 흔들의자 어쩌고 하는 구절 말이야. 누가 흔들의자를 만들었을까? 그 불안정 위에 사람을 올려두고자 한 사람은 누구인가? 그렇게 죽 시를 쓰면서 중학교 영어 선생님으로 살았더라면 어땠을까?"

"그 여자분하고 결혼해서 말이죠?"

"꼭 그런 뜻은 아니지만 그랬다면 그럴 수도 있겠지."

노인은 한숨을 쉬며 젓가락으로 이것저것 안주를 겨냥했지만 어느 것도 집어 들지 못했다. 제자는 노인의 주름진 이마를 바라보았고, 노인은 얼굴을 들지 않은 채 혼자 중얼거렸다.

"그러니 자네가 소설로 써. 그런데 말일세…… 그 여자가 자기 이름을 대자 난 금방 알아들었어요. 삼십 년이 지났는데도 생생하게 기억하고 있었지. 예이츠의 시가 나도 모르게 내 입에서 툭툭 튀어나온 것처럼 그렇게 죽 머릿속에서 맴돌고 있었던 모양이야."

"그분 성함이 어떻게 됩니까?"

"왜?"

"소설을 쓰라면서요?"

"자네 맘대로 작명하게. 어차피 소설이 아닌가."

세자는 궁금했으나 거듭 물어볼 순 없었다.

"제목은요?"

"뭘?"

"그 이야기의 제목 말입니다."

"내 이야기에 무슨 제목이 있겠나. 자네 소설은 자네 맘대로니 자네가 멋들어지게 지어."

두 사람은 창밖으로 고개를 돌렸다. 비는 맥없고 속절없었다. 격자 틀에 긴 유리면엔 듬성듬성 벚꽃 꽃잎이 달라붙어 있고, 유리창 위 처마에 드리운 낡은 차양에서 바닥으로 떨어지면서 일어나는 칠칠거리는 빗소리는 정확히 말하자면 비의 소리가 아니었다. 그러나 두 사람은 그 소리에 귀 기울이며 형체도 소리도 없는 비를 바라보고 있었다. 노인을 달래기 위해 제자는 알랑방귀를 뀌었다.

"교수님 칼럼 읽는 재미로 살았는데 이젠 그 낙이 없어졌어요. 그런데 어떠세요? 집필은 잘 돼가십니까?"

"응, 그런대로 하긴 하는데, 수요일 세 시간짜리 대학원 수업을 핑계로 이리 미루고 저리 미루고 하네. 칼럼처럼 독촉하는 사람도 없고 봤다고 칭찬하는 전화도 없으니 그저 그렇지."

"지금도 연필로 쓰시겠죠?"

"그래. 생각이 필요한 글은 연필이 아니면 안 돼. 다시는 교정할 수 없을 것 같은 불안 때문에 연필이 아니면 생각이 떠오르지 않으니 어쩌겠나."

"뭐, 상관없어요. 연필로 쓰든 볼펜으로 쓰든 무슨 상관입니까. 그런데 그 원고 내용은 뭡니까?"

"나중에 책이 나오거든 사서 읽어봐."

이제껏 제자는 자신의 소설책이 나오면 꼬박꼬박 노인에게 갖다 바쳤다. 미안했던지 노인은 히히 웃고 있는 제자에게 자신이 쓰는 글의 내용을 요약해 말했다.

"소설가 얘기야. 진짜 소설가다운 소설가지. 골고다 언덕 십자가에 매달린 예수를 땅으로 끌어 내리고 자기가 거기에 매달리고자 열망한 사람이니까. 난 소설가라면 그런 문명적 저항심을 가지고 있어야 한다고 보네. 허영이든 기백이든 그런 지랄 맞은 사람이 좋아."

계속 히히 웃으며 제자가 대답했다.

"알았습니다."

노인은 화제를 돌렸다.

"그래서 그 그림은 아직 벽 뒤에 그대로 있나?"

"그렇죠."

"어떻게 생겨먹은 그림인지 모르겠네? 누가 베껴뒀는가?"

두 병째 소주가 바닥을 보이니 적지 않은 양을 마신 셈이었다. 그러나 미술 이야기가 나오자 제자는 머리를 흔들어 취기를 털어내면서 의자를 당겨 앉았다.

"그 두 점의 벽화 밑그림을 모사한 작품이 각각 한 점씩 남아 있습니다. 「앙기아리 전투」도 있고 「카시나 전투」도 있어요. 그런데 그 전에……."

본론으로 들어가기 전에 앞세울 이야기가 있었다.

"두 사람은 각자 자신의 벽화를 그리기 위해 그린 스케치를 여러 점 남겼어요. 하지만 그 스케치는 너무 단편적이라 전체적인 그림을 추측할 수 없죠. 전체적인 내용을 짐작할 만큼 벽화의 밑그림을 베껴 그린 그림은 루벤스와 상갈로의 작품입니다. 「앙기아리 전투」를 모사한 루벤스의 소묘는 현재 프랑스 루브르 미술관에 있고 「카시나 전투」를 모사한 미켈란젤로의 제자 상갈로의 유채화는 지금 영국 노픽 호컴 홀에 있습니다. 이 두 가지 그림도 직접 벽화를 보고 그린 1차 모사 작품은 아니고 누군가 모사한 그림을 보고 그린 2차 모사 작품이죠."

"그래? 그럼…… 그러니 더 궁금해지는구먼. 그러니 「앙기아리 전투」가 어떻게 생겨먹었는지 현재는 정확히 알 수 없다는 말이로구먼."

"그렇죠. 루벤스가 「앙기아리 전투」를 소묘한 해는 1603년이니, 그땐 이미 「앙기아리 전투」가 사라진 뒤였습니다. 벽화의 중심이라지만 살짝 오른쪽으로 치우친 부분을 모사했다는 그 소묘는 루벤스가 이탈리아에서 유학할 때 다른 사람이 모사한 그림을 보고 자기 나름대로, 그러니까 바로크식 화법으로 그린 작품입니다. 「카시나 전투」역시 밑그림은 1512년에 파괴됐고, 지금 남아 있는 상갈로의 유채화는 1542년에 그린 모사 작품입니다. 이 그림으로 「카시나 전투」의 대체적인 모양을 짐작할 수 있습니다만, 이 그림 역시 원그림을 보고 모사한 작품이 아니라 「카시나 전투」의 밑그림이 완전히 파괴되기 직전 누군가 그린 모사 작품을 바탕으로 다시 모사한 그림이라 해요. 그러니 지금 우리가 보는 두 가지 모사 작품은 모사 작품의 모사 작품인 셈이죠."

"어쨌든 뭐."

술도 술이지만 비와 바람과 그리고 사랑이니 운명이니 하는 이야기로 노인은 우울했고 이것저것 다 맘에 들지 않았다. 그런 참담한 심정으로 제자의 마지막 이야기를 듣고 있었다.

"그런데 상갈로가 「카시나 전투」를 모사한 이유는 바사리의 부탁 때문이었습니다. 이때는 미켈란젤로가 생존해 있던 시절이니 제자인 상갈로로선 스승인 미켈란젤로의 설명을 어느 정도 듣고 참고했을 수 있죠. 그래서 우리는 지금 그나마 그럴듯한「카시나 전투」를 볼 수 있어요. 다 바사리의 배려 덕분이죠. 바사리는 어쩌면 「앙기아리 전투」는 자신의「마르치아노 전투」뒤에 숨겨두고, 완전히 사라진「카시나 전투」는 상갈로의 유채화를 통해 보존하고자 했는지도 몰라요. 뒷날『예술가 열전』을 쓸 만큼 선배 미술가들을 존경했던 인물이니까요. 물론 이런 추측은 저 혼자 생각입니다."

"공부를 많이 했구만. …… 그래서 내가 자네한테 좋은 미술 강의를 들어."

히히히, 하고 제자는 웃었다.

"자아…… 저 비는 언제나 그칠 것 같은가? 이젠 그만 둘 때도 되지 않았나?"

"맥없이 하염없이 떨어지는 꼴을 보니 오늘 밤새 내릴 것 같네요."

"그래? 그럼 그러라지 뭐."

"전 한잠 푹 자고 일어나 소설을 써야 합니다. 지금 쓰고 있는 로맨스 소설 마감 기한이 벌써 지났어요."

"그래? 그런데 이렇게 불러내 미안스럽게 됐네."

"아닙니다. 무슨 말씀을…… 그런데 교수님은 어쩌시 겠어요? 들어가시면 일단 뭘 좀 더 드시고 푹 주무십시오."

"난 그냥 자겠네. 뭐, 이젠 긴급한 일도 없고 더 이상 내게 닥칠 비련의 로맨스도 없으니."

"그래도 사모님이 계시잖아요. 예쁜 손녀도 있고요. 엄연한 현실이죠. 교수님이 선택한 운명 말입니다. 그런 데 교수님…… 레오나르도도 미켈란젤로도 평생 독신 이었어요. 그런 운명을 타고났어요. 동성애자였다고 합 니다만 어쨌든 결혼도 이성에 대한 사랑도 없었죠."

"여보게, 난 그런 사람을 존경해. 너무 부러워. 그러니 그림도 그리고 소설도 쓰잖아. 자네도 결혼을 했다는 사 실이 장애야. 소설을 제대로 쓰자면 그런 장애를 만들지 말아야지. 꼭 한 번 결혼생활을 경험하고 싶다면 쉽게 이혼할 수 있는 여자하고 잠깐 살아보다가 말아야 돼. 그래야 제대로 된 소설을 쓸 수 있어요. 응?"

"그렇습니다. 오늘 밤 아내하고 진지하게 논의해보겠 어요. 그런데 말입니다, 보티첼리도 평생을 결혼하지 않 고 혼자 살았어요. 교수님 말씀대로 뭔가 제대로 큰일을 하려면 그렇게 홀로 살아야 하나 보죠?"

"그래서 신부도 수녀도 혼자 살잖아. 제대로 신을 섬기기 위해 말일세. 그러니 나도 자네도 텄어. 결핍이 없는데 어디서 저항심이 생동하겠나, 응? 이 평화로운 사람아. 그렇지 않은가? 단테가 아홉 살이 아니라 열아홉 살에 베아트리체를 만났더라면 그렇게 사랑에 빠졌겠는가? 만약 단테가 베아트리체와 결혼해 평생 함께 살았다면 그런 사랑의 시를 구구절절이 쓸 이유가 있었겠는가? 그렇지 않은가? 사랑도 저항도 다 순수한 사람의 몫이라네."

"그렇군요. 그래서 교수님이나 그분이나 그랬군요. 아마 두 분이 한 번이라도 손을 잡아봤다거나 어디서 하룻밤 보냈더라면, 그분도 정신병원에 가셨을 리 없고 교수님도 그분을 만나러 가지 않는 그런 바보 같은 결정을 내리지 않았을지도 몰라요. 그런 생각이 듭니다."

"그래? 자네가 그런 생각을 한단 말이지? 그럼 내 얘기 아주 잘 이해한 셈이야."

그때 주점 출입문 밖에 두 사람의 손님이 나타났다.

물 먹은 유리 창문은 쉽게 열리지 않았다. 밀창문을 여느라 이리저리 용을 쓰는 청년과 그 뒤에 선 소녀를 보기 위해 두 사람은 몸을 틀었다. 이윽고 주점으로 들어온 남녀는 좁은 테이블에 마주 보고 앉았다. 온몸을 횟가루로 칠갑한 듯 흰 꽃잎을 뒤집어쓴 청년은 맨머리였고, 그의 머리카락 끝에서 떨어진 빗물은 눈썹을 적시며 뺨으로 흘러내렸다. 맞은편에 앉은 소녀는 검정색 후드 점퍼를 입었는데, 후드를 뒤집어쓴 머리부터 전신에 붉은 꽃잎 흰 꽃잎이 잔뜩 달라붙어 화사하고 신비롭기 그지없었다. 두 사람은 오래도록 산벚나무 아래 좁은 등산로를 지나며 휘날리는 꽃바람에 푹 몸을 적신 모양이었다. 청년이 손을 들어 주인 노파에게 술과 전을 주문했다.

"왜 이러시나?"

노인이 기력을 다해 말했다. 갑자기 바람이 불고 비가 쏟아지고 그리고 꽃바람이 하늘을 뒤덮었기 때문이다. 유리창은 다시 이이잉, 씨이잉, 하는 소리로 울어대고, 주택가 골목길 위에선 붉은 꽃잎 하얀 꽃잎 더미가 종횡으로 휘날리며 춤을 추었다.

"저 산에 꽃이 다 져야 비가 그치겠어."

그러나 노인은 걱정이 없었다. 비도 바람도 꽃도 사랑도 자신에게는 그림 같고 소설 같은 풍경일 뿐이었다. 노인과 제자는 남은 잔을 비우고 서로 눈을 마주 보았다.

"그럴까요? 괜찮으시겠어요?"

좋다는 뜻으로 노인은 고개를 끄덕였다. 세 병째 소주였다. 남녀의 테이블 위에 소주병과 술잔을 놓아주고 돌아가는 주인 노파를 불러 세우기 위해 제자는 슬그머니 손을 들었다. 그러면서 유리잔을 부딪쳐 건배하는 두 사람을 엿보았다. 청년이 소녀에게 술을 권하고 있었다.

"건배!"

소녀가 응했다.

"네, 나의 남편!"

꽃잎으로 칠갑한 청년은 함빡 꽃잎을 뒤집어쓴 소녀의 이름을 불렀다.

"사랑해, 나의 김성신!"

"네, 나의 남편 김성신!"

덜컹덜컹, 유리창 나무틀이 우는 소리를 냈다. 창가에

앉은 노인과 제자는 일찍 집으로 돌아가긴 틀린 날씨라
고 생각했다. 그래서 두 사람은 비가 그치고 바람도 그
치고 산자락의 산벚나무 꽃잎이 깡그리 떨어질 때까지,
슬프고 사치한 사랑의 이야기를 주고받으며 취하도록
술을 마시기로 마음먹었다.

예술주의의 값진 성과
심상대 장편소설 『앙기아리 전투』

방민호(서울대 국문과 교수, 문학평론가)

예술주의의 값진 성과
심상대 장편소설 『앙기아리 전투』

근황 근심

이제 한 2년 되었던 것 같다. 심상대 씨가 『나쁜봄』이라는 장편소설을 완성 짓고 필자와 함께 마주 앉아 이야기 나눌 때가 있었다. 다짜고짜 그가 말했다. 그 소설에 자기는 의존대명사 '것'을 한 번도 안 썼노라는 것이다. 필자는 이 짧은 문장을 쓰면서 벌써 그 '것'이라는 것을 세 번씩이나 쓰고 있는데 말이다. 작가 심상대 씨가 지독히 외롭던 지난 몇 년간 필자는 꽤 자주 그를 만나왔다. 덕분에 그를 아는 만큼은 안다고 생각했다. 그래도 그런 때는 그가 정말 기벽, 괴벽의 소유자라고 생각하지 않을 도리가 없다. 문학과지성사에서 펴낸 그 긴 장편소설에 그토록 '것'을 써서는 안 된다는 주문을 꼭 걸어두어야 했던 걸까? 필자라면 같은 문학이라도 다른 곳에 더 큰 의미를 부여할 수도 있을 텐데. 심상대 씨는 분명 보통 사람이 집착하지 않는 것에 자기를 거는, 기괴 있는 작가다.

지난 정부 3년간은 이 심상대 씨도 필자도 어지간히 괴로운 나날을 보내왔다. 그런 사정은 그와 필자 말고는 몇 사람 아는 사람이 없다. 필자는 심상대 씨나 이평재 씨, 전성태 씨 같은 작가들에게 세월호 희생자들을 위한 공동 추모 소설집을 내자 했다. 평소에 어떤 이해관계도 없이 만나는 그들은 두말할 것도 없이 고개를 끄덕여 주었다. 이 15인 공동소설집에 심상대 씨는 「슬비야, 비가 온다」라는 단편소설을 '출품냈다'. 책이 나오고 나서 그가 필자에게 말했다. 그 작품을 쓰기 위해 안산 고잔동에 몇 번씩 내려가 보았다는 것이다. 필자도 물론 그와 함께 게재한 작품을 위해 진도 팽목항에 두 번을 다녀왔다. 하지만 그때도 그에게서 필자는 소설 쓰는 일에 유난히 집착하는 작가적 괴벽을 느

껐다. 그때 그는 필자 앞에서 아이들이 너무 불쌍하다고 끝내 울다시피 했다.

다른 사람들은 잘 모르는 사정이겠지만, 필자가 보기에 이 심상대 씨는 지독한 조울증 환자다. 실제로 병원에 가 정기적 처방을 받지 않으면 심각한 상태에 도달할 수도 있을 정도다. 병세가 결코 간단치 않다. 이런저런 일을 겪은 후에는 전업 작가로 사는 일도 만만치 않아 타일 일을 배운다, 목수 일을 배운다 하면서 혼자 밥해 먹고 살아가는데, 외로움이 극에 달한 중에도 어떻게든 소설 쓰는 일만은 절대 놓지 않겠노라고, 필자에게 가끔 카톡을 보내 올 때면, 문자에 슬픔과 고단함이 실컷 배여 있었다.

오로지 예술

그런 그가 처절하게 외로운 밤을 새며 완성한 작품이 지금 필자가 탁자 앞에 펴놓고 있는 이『앙기아리 전투』다. 제목만 전투인 게 아니라 요즘 그의 삶이 전투 그 자체다. 그는 지금 살아간다, 생활한다가 아니라 견딘다, 목숨을 이어간다는 말이 훨씬 더 어울리는 깊은 수렁 속에서 자기 혼자만의, 자기 혼자 쓸 수 있는 공간만큼의 등불에만 의지한 채 글을 쓴다. 어느 누구에게도 삶을 의지할 수 없고 오로지 자기에게만 의지할 수 있을 뿐인 삶을 전투를 치르듯 버텨내며 벼랑 끝에 내몰린 심정으로 완성을 본 작품이 바로 이 『앙기아리 전투』다.

사람이 희망의 넓은 터전을 잃어버리고도 끝내 자기를 귀의케 할 단 하나의 장소라도 있다면 그는 아직 살아갈 수 있으니. 조증 상태에서는 세상 누구도 따라오지 못할 유머와 위트의 소유자요, 재담가며 만담꾼이요, 울증 상태에서는 차오르는 슬픔을 감당치 못해 튜브에서 흘러나오는 듯 눈물마저 부끄러움도 모르고 줄줄 흘려내기도 하건만. 이 심상대 씨가 소설을 쓰는 일에서만큼은 사소한 이완이나 차착도 허용치 못하는 완벽주의 수도승이다. "네, 전 제목을 정해야 소설을 시작할 수 있으니까요. 제목과 등장인물의 직업과 사건의 배경이 되는 계절과 첫 문장과 마지막 문장을…… 그 네 가지가 반듯하게 마련돼야 소설을 시작할 수 있어요" 이 소설 속에 등장하는 작가가 하는 말이다. 작품 제목 정하고 등장인물 직업 정하고 사건이 일어나는 계절 정하고 첫 문장과 마지막 문장 마련돼야 소설을 시작할 수 있다는 이 작중 소설가는 분명 심상대 씨의 분신이다. 이 문장으로써 분명해지는 것은 그가 소설을 쓴다기보다는 만드는 사람, 설계 도면에 따라 작품을 구성하는 사람이라는 사실이다. 삶이 힘들어지자 그가 목수 일을 배워볼까 한 것도, 젊은 시절에 서양화에 얽힌 고고미술사적인 탐구에 심취했던 것도 그런 맥락에 있다. 그는 구성되는 것, 제작되는 것에 재미를 붙이고 빠져드는 타입의, 공인적 기질의 작가다.

동인류의 계보학

바로 그러한 점에서 심상대 씨는 김동인의 계보를 잇는 현대작가라 하지 않을 수 없다. 이번에 그가 쓴『앙기아리 전투』를 보면서 이것은 분명 동인의 환생이로구나 하고 직각했던 것이다. 이 소설은 정녕 동인의 「광화사」나 「광염 소나타」를 방불케 하는 제작품에 틀림없는 때문이다. 옛날에 초창기 한국 현대소설의 장을 개척한 세 사람의 걸출한 작가가 있었으니 이광수, 염상섭, 김동인이 그들이다. 이중 김동인은 대선배인 이광수를 의식하여 마지않아, 이광수가 '인생을 위한 예술'을 주창하며 근대 조선의 공리적인 톨스토이되기를 꿈꾸었다면, 그는 동인지 『창조』를 창간하며 '예술을 위한 예술'을 주창했고 제작품으로서의, 지어내어진 것으로서의 소설을 추구했으며, 작중 인물을 완벽하게 조종할 수 있는 절대 권력자로서의 톨스토이 되기를 꿈꾸었다. 그는 소설 속 세계를 사는 인물들, 그 '약한 자'들을 세상에 내놓고 그들의 운명을 저울질하는 '노구할미' 같은 창조자가 되고자 했고, 이 위대한 야심가를 통하여 미적 근대성이라 일컬어지는 제작된 미의 세계가 개시될 수 있었다. 필자는 이 동인이 현세에 다시 나서 쓴 작품이 바로 이 『앙기아리 전투』임을 이 소설을 읽고 '믿어의심치 않게' 된 것이다.

소설의 첫 장이 열리면 스승과 제자가 마주 앉아 이야기

를 나누고 있다. 스승은 시인 되기를 꿈꾸었던 교수요 제자
는 소설가다. 잠시 귀띔해 드리면 둘 다 실존 모델이 있으
니 앞의 사람은 중후한 시적 세계를 구축한 유명 시인이라
하며 뒤의 사람은 물론 작가 심상대 씨다. 물론 작중 인물
과 실존 모델이 똑같을 수 없음은 상식임을 알리라. 두 사
람이 이야기를 나누는데, 스승은 제자에게 한 정신 온전치
못한 여인과의 어떤 사연을 이야기해주고 제자는 자신이
지어낸 소설의 이야기를 그 '대가'로 들려준다. 그것은 한
남자가 자기와 이름이 같은 소녀를 만나 함께 살고 소녀가
그림을 그리다 죽는다는 이야기다. 김동인이 봄빛 좋은 인
왕산에 앉아 서울을 내려다보며 저 신라 화공 솔거의 이름
을 빌려다 조선 세종대를 살게 하고 거기서 아리따운 여인
의 초상을 그림으로 옮기려다 실패하고만 '로망스' 이야기
를 쓴 것이 「광화사」였다. 그런데 이제 심상대 씨는 시인 스
승 앞에서 그림에 미친 소녀에 관한 '로망스' 이야기를 한
자락 만들어 낸다. 동인이나 '상대'나 모두 그런 의미에서
'노블'에 대해서 '로망스'를 옹호해 마지않은 오스카 와일
드의 후예라 할 것이다. 이때 노블이란 현실 세계의 잡사를

구체적으로 다루는 서사적 장르요, 로망스는 인간의 동경과 꿈의 세계를 그리는 서사적 장르다.

"그렇긴 하지만, 그래도 여하튼 시작이 너무 작위적이야."

"작위적이라면 꾸민 듯하다는 뜻인데요, 그런데 그걸 누가 꾸민 듯하다는 말씀인가요?"

"누구긴 누구야 자네지."

"그렇다면 괜찮습니다. 소설에 등장하는 인물이 소설가가 꾸민 듯하다면 그게 바로 등장인물의 운명 아니겠습니까."

노인이 웃었다.

"자네 맘대로 해. 자네 소설인데 누가 뭐라겠나."

"그렇습니다. 절대자가 꾸민 운명이라면 그게 바로 현실이죠. 우리도 그런 현실을 운명이라고 하면서 살아가지 않습니까?"

"그러니 자네 맘대로 해. 나한테 소설 강의할 필요는 없어.(67~68쪽)

옛날에 오스카 와일드는 동경과 꿈을 위해 이야기를 지어내는 행위에 지대한 가치를 부여했던 바, 심상대 씨의 이 소설 속에서도 이야기를 지어낸다, 꾸며낸다는 행위는 이렇듯 중요한 의미를 지닌다. 작가는 사람들이 신(또는 자연)과 같은 초월적 존재의 피조물임과 마찬가지로 자신의 이야기 속의 인물들을 창조한다. 그들에게 생명의 온기를 불어넣어 살아 움직이도록 하며 그러면서도 끝내 주재자의 의지에 따라 종막을 짓게 한다. 그리하여 작중 제자 소설가가 꾸며낸 대로 보티첼리의 백구십여 종 꽃을 지하실 회벽에 그려나가던 소녀 성신은 그림을 다 완성하지 못한 채 불의의 사고로 세상을 떠나고 만다. 그녀가 세상을 떠난 후 남자는 소녀가 그리던 그림이 보티첼리가 그린 꽃들 중에서도 그가 상상으로 그려낸 서른세 종 '상상의 꽃'이었음을 깨닫는다.

상상, 환상이라는 꽃

과연 상상은 완성될 수 있는가? 하는 문제는 작중 인물의 주재자로서의 작가의 권능에 관한 질문이며, 초인으로서의 작가의 능력의 한계에 관한 질문이라고 할 수 있다. 과연 이야기는 어떻게, 어디까지 지어질 수 있는가? 심상대 씨는 그 자신의 상상적 능력의 한계를 시험하기라도 하듯 이번에는 이야기의 방향을 보티첼리가 살던 이탈리아의 시공간으로 옮겨 레오나르도 다빈치의 벽화 「앙기아리 전투」와 미켈란젤로의 벽화 「카시나 전투」가 경합을 벌이던 시대로 독자들을 끌어간다. 지금은 조르조 바사리의 벽화 「마르치아노 전투」가 그려진 벽면에 그 옛날에는 다빈치의 「앙기아리 전투」가 그려지고 있었다는 것이다. 이 벽화를 주문한 사람은 당시 피렌체 시민공화정 제2서기관이었던 마키아벨리, 그는 시민병 육성을 위해 용병의 무용성, 무가치함을 알릴 그림을 필요로 했고 그렇게 해서 벽면 뒤로 사라진 신화가 될 운명을 타고 「앙기아리 전투」가 그려지기 시작한다. 그 자세한 사정이나 경위는 실제 소설을 읽어서 살필 일이라 생각된다. 그로부터 오랜 세월이 흐른 뒤 이 벽화의 신화를 추적하던 마우리치오 세라치니 교수가 바사리의 벽화 뒤에 다빈치의 「앙기아리 전투」가 그려져 있음을 알아낸다. 그러나 그 그림이 온전한 것인지 밑그림뿐인지 얼마나 대단한 명작인지 알아낼 방법은 없다. 다빈치를 사랑하는 사람들은 「마르치아노 전투」를 벗겨내고 「앙기아리 전투」를 되찾고 싶어 하지만 바사리의 애호가들이 이를 허용할 리 없다.

그녀는 해설가보다 더 높이 손을 뻗어 「마르치아노 전투」를 가리키며 말했다.

"어쩐지 이 그림은 꿈처럼 여겨지지 않네요. 너무 분명하잖아요. 꿈은 때론 아름답지만 또 어떨 땐 일그러지고 흉측하기도 해요. 전 분명하지 않더라도 그런 진실한 꿈을 보고 싶은 걸요."

(중략)

"레오나르도의 「앙기아리 전투」에 관한 소문은 아직 확실히 증명되지 않았어요. 오백 년 동안 전설로 전해지고 있거든요. 세라치니 교수님 주장처럼 설령 이 벽 뒤에 있더라도 그동안 어둠과 습기에 방치됐던 그림이 어떤 상태인지도 알 수 없어요. 더 중요한 문제는 「앙기아리 전투」를 발굴하려면 이 「마르치아노 전투」를 훼손할 수밖에 없다는 사실이죠. 그럴 순 없지 않겠어요?"

신입 회원은 물러서지 않았다.

"어쩌면 이 벽화보다는 망가지고 미완성인 벽 뒤편의 벽화가 더 많은 이야기와 더 아름다운 꿈을 간직하고 있을지도 몰라요."(176~177쪽)

현실과 낭만은 서로 멀리 떨어져 있으므로, "우리가 「마르치아노 전투」를 조금도 아프지 않게 하면서 '앙기아리 전투'를 만날 방법은 없"다. "그 사이엔 아주 견고한 벽이 있으니까" 말이다. 또 현실과 낭만의 이 고통스러운 관계처럼 도덕과 환상 사이에도 깊은 격절이 있다. 이 소설 속에서 소설가의 스승인 노 교수는 평생 가장의 의무감 속에서 도덕의 테두리를 벗어나지 않은 채 살아왔고 정신병원에 갇힌 옛 여인의 '구조' 요청도 같은 맥락에서 차갑게 거절한다. 그는 마치 강박증 환자처럼 자기의 생활을 도덕의 테두리 안에 머물게 하지만 그것은 시소의 '불안'을 억누르려는 끝없는 인고를 요구하는 것이었다. 그렇다면 그 제자인 소설가 쪽은 어떨까?

잘 빚어진 항아리

이 소설 『앙기아리 전투』는 현실과 이상, 현실과 낭만, 생활과 사랑 같은 지극히 오래된 이항대립을 새로운 버전으로 제시한 작품이다. 제작인 작가로서 심상대 씨는 스승과 제자, 시인을 꿈꾸었던 자와 소설가라는 교묘한 역전 속에 보티첼리의 꽃 그림, 서른세 종의 상상의 꽃, 레오나르도 다 빈치의 전설이 된 미완성 벽화 「앙기아리 전투」, 그것을 뒤덮고 있는 바사리의 「마르치아노 전투」를 적절히, 그야말로 기교적으로 배치함으로써 잘 빠진 멋진 물건을 빚어낼 수 있었다. 현실의 외면, 표층을 벗어내야 진정한 꿈과 동경의 세계에 다다를 수 있다는, 그 미의 진실에 도달할 수 있다는 설정, 그러나 그 미가 정말 어떤 아름다움을 간직하고 있는지는 끝내 알 수 없다는 이 소설의 설정은 우리들 인간의 영원한 나약함을 일깨우고 표층과 심층, 앞면과 뒷면, 외면과 내면 사이의 필연적인 거리에 대한 인식을 새롭게 일깨운다. 심상대 씨는 이 작품을 '만들면서' 한갓 피조물에 불과한 인간의 운명에 관해, 그 약함에 대해, 그 하나의 존재로서 자기 자신에 대해, 자신이 빠져든 나쁜 곡절에 대해 머리를 감싸 쥐고 생각에 생각을 거듭했을 것이다.

아, 그렇다. 우리는 모두 우리 자신의 내일을 점칠 수 없는 약한 피조물들이다. 동인의 단편소설 「배따라기」에 등장하는 불행한 어부처럼 우리는 모두 우연에 지배되고 꿈을 잃지 않으려 안간힘을 쓰되 끝내 버려지지 않을 수 없다. 가엾은 심상대 씨, 그러나 슬퍼하지 말라. 그대에게는 문장이 있지 않소. 소설이 있지 않소. 조울증에 시달리는, 그 상상하는 가슴이 있지 않소. 신화나 전설에서, 민담에서 주박은 어느 때인가는 풀리고 이야기꾼에게는 새로운 내일이 찾아오는 법이오. 그러나 또 평생을 몹쓸 주박에 갇혀 지내면 또 어떻소? 장주의 꿈처럼 꿈속이 꿈속인지 꿈 바같인지 꿈 바깥이 꿈 바깥인지 꿈속인지 알 수 없는 것 아니오.

예술주의의 계승자

그러나 독자들이 여기서 알아야 할 것이 있다. 이 심상대 씨에 이르러 우리가 동인류의 예술주의를 잇는 동시대 작가를 제대로 갖출 수 있게 되었다는 사실 말이다. 옛날에는 이 동인에 이어 노월 임장화였고 또 이효석이요 박태원에 이상 김해경이었으며 그 후 계용묵이 뒤를 이었고, 해방 후에 그것은 다시 이제하며 윤후명 같은 이들을 따라 근근이, 그러나 또 유실되지 않는 명맥을 이어왔다.

이제 이 심상대 씨가 『앙기아리 전투』로써 지난 번 『나쁜 봄』에 이어 활짝 열어젖힌 이 미의 세계를 가리켜 필자는 예술지상주의니 유미주의니 하는 대신에 예술주의라 명명한다. 어학 사전에도 나와 있지 않은 이 용어 artism은 그럼에도 설명을 시도한 논자도 있다. 김승환 교수 왈, "예술주의는 예술중심주의와 상통하는 것으로서 예술을 신념의 차원에서 존중하고 집중하는 태도나 생각을 말한다. 의지와 신념을 가지고 예술에 집착하는 것도 예술주의다. 예술을 다른 모든 가치나 이념보다 높은 것으로 놓고, 예술 이외의 것을 배타적으로 대하는 것도 예술주의다"라고 했으니 아주 명쾌하다. 여기서 조금 더 나아가 본다. 이 예술주의자들은 문학이 현실을 그리는 것이라기보다 현실을 제시하는 것이라 생각하고, 언어적 형식과 기술 없이는 이 현실을 제대로 가공할 수 없다고 믿는다. 바로 이러한 태도로부터 문장에 대한 결벽성과 형식미에의 집착이 나타난다. 예술로서의 문학에 순사하고자 하되 인생 본연의 질문에 연결되는 현실을 새롭게 창조하고자 하는 사람들. 이것이 예술주의 작가들인 것이며 옛날에 동인미라는 것이 있었던 것처럼 이제 '상대美'라는 것도 규정해야 할 차례가 올 것이다. 『앙기아리 전투』, 심상대 씨의 예술주의가 빚어낸 값진 성과라 하지 않을 수 없다.

작가의 말

자루가 긴 칼

조금 전 소설을 다 쓰고 잠깐 침대에 누웠다가 짤막한 꿈을 꾸었다. 마른땅에 팬 구멍이 있는데 굴뚝이었다. 박새한 마리가 그 굴뚝 속을 들여다보며 머리를 갸웃거리고 있다. 그 꿈의 뜻을 모르겠다.

가끔 전생의 기억을 가지고 태어나는 사람이 있다. 이승이 그러하듯 저승에서도 실수와 오작동이 발생할 수 있으니, 이런 경우 환생에 있어 전생의 삭제를 통한 초기화에 실패한 것이다. 그런 실수가 가능하다면 다른 실수도 가능하다. 한 사람의 전생을 공유하는 두 사람이 이 세상에 태어나는 경우도 있을 수 있다. 윤회에 따른 환생이란 이미 생을 마친 사람에게 기억을 삭제시킨 뒤 다른 사람이나 다른 생물로 태어나게 하는 일이므로 시간적 간극이 있게 마련이지만, 우리가 사는 삼 차원 세계와 달리 저승이란 곳이 오 차원쯤 되는 곳이라면 시간의 순열이 없을지도 모른다. 그래서 현재 지구상에 살고 있는 어떤 사람의 전 생애를 고스란히 기억하는 다른 사람이 지금 지구상에 살고 있을지도 알 수 없는 일이다. 탄생부터 죽음에 이르는 내 삶의 내용을 전면적으로 기억하는 사람이 지금 나와 같은 시기에 이 지구 어딘가에 살고 있다면, 그리고 그가 한 사람이 아니라 두 사람이나 세 사람이라면, 어쩌다 한 번 그와 나는 마주칠 수 있다.

언젠가 그날이 온다면 그에게 물어보겠지만, 그는 과연 아까 내가 꿈꾼 그 땅바닥에 뚫린 굴뚝의 어둠 속을 들여다보며 머리를 갸웃거리던 박새의 생각을 알까? 내가 꾼 그 꿈의 뜻을 그는 알고 있을까? 아마 나처럼 그도 모를걸?

2017년 여름
심상대